マドンナメイト文庫

美少女ももいろ遊戯 闇の処女膜オークション

美里ユウキ

目次

contents

美少女ももいろ遊戯

闇の処女膜オークション

第一章　ＪＫ盗撮動画サイトの罠

1

温水智司《ぬくみずともじ》はいつもより一時間もはやく家を出ていた。

私立Ｓ高等学校に向かうバスを待つ。いつもは列を作っているバス停には、智司以外にはひとりしかいない。

すでに心臓がばくばく言っている。こんなに緊張したのは、高校入試以来ではないのか。バスが見えた。近づいてくる。すると、逃げたくなる。一時間もはやく家を出たのに、バスを見ると乗るのが怖くなる。

バスが止まった。先に中年男性が乗りこむ。そして、智司も乗りこんだ。席は半分ほど埋まっていた。Ｓ高校の制服を着た学生と、サラリーマンやＯＬが半々だ。

最後列に目を向ける。Ｓ高校の女子生徒たちがいた。

「あっ……」

思わず声をあげる。最後列の窓ぎわに座っていたのが、真優梨《まゆり》だったのだ。香坂《こうさか》真優梨。同じクラスの女子だ。ただの女子ではない。目が覚めるほどの美少女だ。

最後列の真優梨の隣が空いていた。そして、見知らぬ女子生徒がひとつ空けて座っている。真優梨の前のふたり席にも、Ｓ高校の女子が座っていた。そんななか、真優梨の隣だけぽつんと空いている。

――ＪＫのスカートの中の匂い、じかに嗅いでみませんか？

智司の頭で、その文面がぐるぐるまわる。

ＪＫのスカートの中の匂い、じかに嗅いでみませんか――そのＪＫが同じクラスの美少女とわかり、智司は金縛りにあったように動けなくなっていた。

ぐらりとバスが揺れ、智司はあわてて、そばの手すりをつかむ。いつの間にか、バスは発車していた。

あの真優梨の隣は智司の席だ。智司のために空けてあるのだ。そして、真優梨は智司にスカートの中の匂いを嗅がれるために、あそこに座っているのだ。

真優梨が指定されたバスの最後列の窓ぎわに座り、ひとりぶんだけ隣が空いているのは偶然ではない。あの隣の席ために、智司は三万円を払っていた。高校生の智司にとって大金である。

どんなＪＫが来るのか、と金を払ったあと、それればかりに気にしていたが、最高のＪＫが来ているとわかった今、動けなくなっていた。

二十分でＳ高校前に着いた。二十分の間に、五つのバス停に止まり、どんどんＳ高校の生徒が乗ってきた。そして今、みんなバスを降りていく。隣を真優梨が通りすぎた。

「おはよう」

と挨拶してきた。同じクラスだが、はじめて挨拶されて、智司は驚き、挨拶を返せなかった。

智司は高校の二年生だ。ルックスも成績も並より少し落ちるくらいだろうか。高二まで、彼女はもちろん女子の友達もできずに童貞だ。まあ、クラスの大半の男子はたいして智司と変わらない。モテるのはほんのひと握りの男子だけだ。

最近の楽しみは、ＪＫ盗撮動画を見ることだ。

ＪＫ盗撮動画のサイトは花ざかりで、競争も激しくなっている。今の、盗撮動画の撮り手は、ＪＫ自身のことが多い。更衣室にしかけるのは、やはり同じ女子がいちばんやりやすい。なにより、携帯電話ひとつで高画質の動画が撮れる。コンビニ感覚で撮るからばれにくい。盗撮動画の質もかなり高い。

智司は盗撮動画にハマり、会員になっているサイトもある。

そこで数日前、見つけたのだ。自分が通っている高校の女子らしき姿が映っている着がえ動画を。

いつかは出るかもしれない、という気持ちと、うちの高校だけはないだろう、という気持ちはあったが、見つけたときは驚き、そして異常な興奮を覚えた。

体操服に着がえている動画だった。制服を脱ぎ、ブラとパンティだけになり、Ｔシャツを着て、ハーフパンツを穿く。

顔にはぼかしが入っていた。誰かはわからなかったが、うちの学校の女子ということで、智司は何度も動画を再生していた。すると、ほんの一瞬だけ、ぼかしがずれるシーンがあった。

一秒ですらなかったが、智司はそこで止めて凝視した。

「真優梨だ。香坂真優梨だ」

ということは、ブラとパンティ姿をさらしている女子たちは、同じクラスの女子ということになる。

真優梨の下着姿は眩《まぶ》しかった。クラス一の美少女は、純白のブラに純白のパンティだった。

想像していたとおりの清楚系、処女系下着だった。色は抜けるように白かった。

バストは制服の上から思っていた以上に、豊満なふくらみを見せていた。なにより、パンティが食いこむ恥部に興奮した。

真優梨以外の女子も、白が多かった。中には、Tバックの女子もいた。

みな、それなりにいい身体をしていた。着がえ動画を見ていると、どの女子でも勃起した。もちろん真優梨の下着姿にいちばん興奮し、何度もオナニーで抜いた。

そして昨日。

——親愛なる、プレミアム会員様、ＪＫのスカートの中の匂い、じかに嗅いでみませんか？

というメールが来たのだ。

これは罠かもしれない、とも思った。三万円とあったが、指定口座に入金しても、なんの反応もない可能性があった。その場合、泣き寝入りである。

それか、指定の現場に怖そうなお兄さんがあらわれて、脅されるかもしれない、とも思った。

だが、智司は入金していた。するとすぐに、明日のバスの最後列で待っています、というメールが来た。乗るバスの時間、そしてスカートの中身を嗅げるＪＫが座っている場所が示されていた。

そこに真優梨が座っていて、隣だけが空いていたのだ。

あそこに座った瞬間、智司がＪＫ盗撮動画サイトのプレミアム会員で、三万円でスカートの中を嗅ぐ権利を買った男だと、真優梨にわかってしまう。

それがいやだった。それがいやで、三万円を捨てたのだ。

授業中、智司はずっと真優梨のうしろ姿だけを見ていた。

真優梨は智司の席の斜めふたつ前に座っていた。真優梨はストレートのロングヘアだ。さらさらの髪がたまらなかった。

うしろ姿だけで美人だとわかった。美人だけが持つ、ストレートのさらさらロングヘアだった。

午後には、真優梨の隣に座らなかったことを、スカートの中を嗅がなかったことを後悔していた。どうして座らなかったのか。座った瞬間、プレミアム会員だとばれると同時に、真優梨と同じ穴の狢《むじな》になるんじゃないか、と気づいたのだ。

どうして、真優梨がスカートの中身を嗅がせるのか知らなかったが、かなりの訳ありであることは間違いないのだ。

可憐で清楚そのものの真優梨だが、なにかの苦悩を秘めているのだ。それを分かち合えれば、接近できるのではないか、と思った。

放課後、靴箱のところで真優梨と会った。上履きからローファーに履きかえた真優梨が、さようなら、と智司に言って、髪を翻して去っていった。

朝同様、真優梨から挨拶されたのははじめてで、智司はまたもなにも返せなかった。

これではいけない、と思い、

「あのっ」

離れていく華奢な背中に声をかけた。すると真優梨が立ち止まり、ふり返った。

なにかしら、という目で見つめてくる。

あまりに美しい黒目で見つめられ、結局、なにも言えなかった。

真優梨はまた、さようなら、と言って、ストレートのロングヘアをふわりと舞わせて、正門へと向かった。

2

翌日――智司は昨日と同じバスを待っていた。昨日と同じ中年のサラリーマンが先にひとりだけ待っていた。

昨日の夜中。

――親愛なる、プレミアム会員様、ＪＫのスカートの中の匂い、じかに嗅いでみませんか？

というメールが来た。智司は小躍りした。金額は五万円にあがっていた。ＪＫのスカートの中を嗅ぐだけで五万円。冷静に判断すれば、とてつもなく高いと思うだろうが、そのとき智司は安いと思った。

真優梨のスカートの中を嗅げるのだ。智司なんて、天地がひっくり返っても、手すらつなげない美少女なのだ。

幸い、智司には貯金があった。貯金というのは、こういうときのために使うものだと思い、ためらうことなく入金した。すると、前回と同じメールが送られてきた。

バスが見えてきた。昨日以上に心臓が高鳴る。

昨日はぼったくりかどうかで緊張していたが、今日は真優梨のスカートの中の匂いをじかに嗅げることに緊張していた。

バスが停車した。昨日と同じように、中年の男性が先に乗る。そして、智司があとに続く。足が動かなかった。どうにか動かしてあがろうとするが、震えてうまくあがれない。

「お客さん、どうかしましたか」

運転手が聞いてきた。半分ほどの乗客の視線が智司に集まる。

「すみません」

と謝り、どうにかバスに乗った。扉が閉まり、発車する。後部座席に目を向けた。昨日とまったく同じ光景があった。

最後列の窓ぎわに真優梨が座り、ひとつ空けて、S高校の制服姿の女子が座っていた。そして、前のふたり席にも、S高校の制服姿の女子が座っていた。どちらも知らない顔だ。年上に見え、おそらく三年生だと思った。

真優梨はずっと外を見ていた。その横顔は真っ白だった。血の気が引いているのか、お人形のようだ。

昨日とは違い、智司は後部座席に向かって歩きはじめた。行くしかないのだ。行かないと、また死ぬほど後悔してしまう。

足がもつれたが、どうにか最後列まで来た。向かって左側の窓ぎわに真優梨は座っていたが、右側は空いていた。だから、普通は右側に座る。

左側に座ろうとした瞬間、智司がプレミア会員だとわかる。

バスが揺れた。あっ、と智司は真優梨のそばに座るS高校の制服姿の女子の膝に手をついてしまう。

「すみません……」

すぐそばに真優梨がいた。真優梨のスカートがあった。あの中に顔を入れることができるのだ。

それによく考えれば、時間がなかった。ここからS高校のバス停までおよそ二十分。すでに五分はすぎている。

すみません、ともう一度声をかけ、智司はS高校の制服姿の女子の前を跨《また》ぎ、真優梨の隣に座った。

真優梨は窓のほうに美貌を向けたままだ。だが、もう隣にクラスメイトの男子が座っていることに、スカートの中を嗅ぐ男は智司なんだ、と気づいている。

なにか声をかけたほうがいいのか。そうだ。おはよう、と挨拶したほうがいい。いや、これからスカートの中の匂いを嗅ぐのに、おはよう、はないだろう。

「時間、ないよ」

隣の女子が小声でそう言った。

そうだ。時間がない。でも、どうすればいいのだろうか。いきなりスカートをまくるのか。まくったとたん、真優梨が悲鳴をあげたら、どうなるのか。その瞬間、智司は終わりである。

いや、大丈夫だろう。金は払っているし、隣の女子が、時間ないよ、と言ったじゃないか。大丈夫だ。さあ、嗅ごう。

真優梨はずっと窓を向いている。まったくこちらに目を向けてこない。それが、大丈夫だというなりよりの証《あかし》だ。

真優梨はS高校の制服である紺のブレザーに紺のプリーツスカートを着ている。スカートは膝小僧がのぞく長さで、それゆえ、腰かけているぶん、裾がたくしあがり、太腿が三分の一ほどのぞいている。

智司は真優梨に手を伸ばしていく。スカートの裾をつかむべく、手を伸ばしていく。なにか、太腿を触りにいっているように感じる。

すると、真優梨がずっと閉じていた両足を開いた。

えっ、なにっ。

足を開くと同時に、さらにスカートの裾がたくしあがっていく。

太腿が半分ほどあらわれる。

顔を埋《うず》めるのか。太腿と太腿の間に顔を埋めるのか。きっと、そうだ。埋めて、と真優梨は足を開いたのだ。それしか考えられない。真優梨の太腿は真っ白で、見ているだけでくらくらしてくる。

「時間、ないよ」

隣に座る女子が言った。

智司は上体を倒していく。白い太腿が迫ってくる。と同時に、甘い薫りが鼻をくすぐりはじめる。

これはなんだ。真優梨の太腿の匂いか。それとも、たくしあがったスカートの奥から薫ってくる匂いか。

智司は匂いに誘われるように、真優梨の太腿と太腿の間に横から顔を埋めていった。

ひいっ、と真優梨が声をあげた。ぴくっと下半身が動く。

智司はぐりぐりと顔面を真優梨の太腿に押しつけていた。

顔面で感じる真優梨の太腿はすべすべしていた。ぴちぴちしていた。いい匂いがした。

真優梨がさらに両足を開いた。智司の顔面が太腿と太腿に挟まれる。智司はそのまま、太腿のつけ根へと顔面をあげていく。すると、甘い匂いが濃くなってきた。

これは、スカートの中からの匂いだ。真優梨のあそこから出ている匂いだっ。

智司の身体がカァッと熱くなる。

さらに顔面をあげていく。頭でスカートをたくしあげるかたちとなっていく。

太腿のつけ根に白いものが見えた。

パンティだっ。真優梨のパンティだっ。

盗撮動画で見たものと同じ、純白のパンティがクラス一の美少女の股間に貼りついている。それを間近に見ると、じかに匂いを嗅がずにはいられなくなる。

智司はおのれの恥ずかしい姿など構わず、真優梨のパンティへと顔面を突撃させていった。

「あっ、いや……」

真上から真優梨の声がした。だが、真優梨は逃げることはなかった。まあ、窓ぎわに座っているから逃げることはできなかったが。

智司の顔面は真優梨のパンティに到達していた。ぐりぐりと鼻をパンティに押しついていると、ぐにゃっと鼻が埋まっていった。

これは、割れ目に入ったのかっ。そうだっ。

智司は暴発しそうになっていた。もちろん太腿に顔を押しつけた瞬間に、智司のペニスはびんびんに勃起していた。ブリーフの下でずっとひくひくしていた。

ぐりぐりと鼻を押しつけると、ぐにゅぐにゅとした感触を覚えた。

これは割れ目の中なのか。こんなに鼻を押しつけていいのか。処女膜が破れたりしないのか。いや、そもそも真優梨は処女なのか。

処女だろう。処女じゃないと困る。

しかし、なんてそそる匂いなんだろう。教室の中で、真優梨がわきを通ったとき、かすかに甘い匂いがすることがあった。それは髪から来るシャンプーの薫りだと思っていた。

だが、違っていた。シャンプーの匂いではなく、真優梨そのものの、真優梨の花びらから出ている匂いだと気づいた。

智司はさらに鼻を押しつけつづける。

「顔をあげて」

隣の女子が言ってきた。

えっ、もう終わりなのかっ。まだS高校のバス停までは時間があるだろう。

「気づかれるから」

と言われ、乗客が増えていることに気づく。すでに、三つのバス停に止まっていた。もう少しだけと、智司はくんくんと真優梨のパンティの匂いを嗅ぎつづける。

「もう、だめ」

と言って、後頭部をつかまれ、ぐっと引きあげられた。

いつの間にか、バスの中はかなり混んでいた。

3

智司は斜めふたつ前に座る真優梨のうしろ姿を見ながら、勃起させていた。

高校二年の童貞。ヤリたいさかりだが、授業中に勃起させたことはこれまでなかった。だが今は、真優梨のさらさらヘアを目にするだけで、びんびんになっていた。しかも、すでに一度、抜いていた。

早朝の学校に来るとすぐにトイレに駆けこみ、しごいたのだ。そのときはかすかに、顔面に真優梨の匂いが残っていた。その残り香で、オナニーをした。数回しごいただけで、どくどくとティッシュに出た。

昼休み、何度か真優梨と目が合った。真優梨は弁当のあと教室に残り、いつもいっしょにいる友達三人としゃべりながら、ちらちらと智司のほうに目を向けてきた。目が合うたびに、先走りの汁を出していた。智司のブリーフは先走りの汁でどろどろに汚れていた。


その夜、ＪＫ盗撮動画のサイトから、あらたなメールが来た。

——ＪＫのあそこをじかに舐めてみませんか？

八万円と書かれていた。あそこを舐めるだけで八万円。高すぎる。だが、それが真優梨のあそこなら安いものだ。

智司は、はじめて相手にメールを送った。プレミアム会員専用のアドレスがあったのだ。

——今日と同じＪＫなら、舐めたいです。

すると、すぐに返事があった。

——指名料は一万円です。計九万円をお振込みください。

と来た。指名料で一万円追加。でも、これで真優梨のあそこを確実に舐められる。

あそこを舐めるということは、あそこを見られるということだ。処女で間違いないだろうが、処女かどうか、この目で確かめることができる。

いや、童貞の俺が見ても、処女かどうかわかるのだろうか。でも、見れば、すっきりするだろう。

やはり、真優梨は処女ではないとだめだ。そもそも、ＪＫは処女じゃないといけない。ひと握りのモテ男に股を開くＪＫなんて、ＪＫじゃない。

でも、真優梨は盗撮動画サイト側の人間だ。このサイトの運営者となにかあるはずだ。運営者の女なのか。運営者の女なら、もう処女ではないのではないか。

でも、あの匂いは処女の匂いだと思う。いや、童貞の俺なんかに、匂いで処女かどうかなんてわかるわけがない。

どうなんだろう。真優梨にじかにいろいろ聞いてみたい。だが、聞けない。今日も、なにも話しかけることができなかった。

でも、昨日までとは違っていた。どういう理由があって、真優梨があんなことをさせたのかはわからないが、共犯者の気分になっている。

昼休み、智司をちらちら見る目には、非難めいたものは感じられなかった。どちらかといえば、真優梨もなにか言いたそうな、そんな目をしていた。

三日後——土曜日の午後、智司は指定された喫茶店に入った。

奥のテーブルに真優梨がいると、メールに書かれていた。

奥のテーブルを見ると、三人のＪＫがいた。みな、Ｓ高校の制服姿だ。四人席の奥の壁ぎわに、真優梨が座っていた。

真優梨と目が合った。それだけで勃起した。

今日は、ペニスにゴムをつけていた。あそこを舐めたら、ぜったい暴発させると思ったからだ。ゴムをつけるときは緊張で縮みきっていたが、はやくもびんびんになっている。

智司は奥のテーブルに向かった。こちらに背中を向けているふたりの女子はふり向かない。真優梨だけが智司を見ている。

「こ、こんにちは」

テーブルの横に立つと、智司は挨拶した。誰も返事をしなかった。智司はそのまま、空いている真優梨の隣に座った。

正面には前回、真優梨と同じ最後列に座っていた女子とはじめて見る女子が座っていた。ウエーターが注文を取りに来た。女子たちはみな、オレンジジュースを頼んでいた。智司は、同じものを、と言った。

喫茶店はわりと広かったが、がらんとしていた。

誰もなにも話さない。黙ったまま、宙を見つめている。隣に真優梨が座っているが、まともに見られない。だが、かすかに真優梨の匂いが薫ってくる。真優梨の気配と匂いだけで、ドキドキしてくる。暴発させそうになる。

ウエーターがオレンジジュースのグラスを持ってきた。

智司はすぐに、ストローに口をつけ、飲んでいく。喉がからからだった。それゆえか、たまらなくおいしく感じた。

でもこれから、これよりもっとおいしいものを舐めるのだ。真優梨のあそこだ。おいしくないわけがない。

「どう、ぞ……」

隣から聞こえた。あまりに小さい声で、智司は思わず真優梨に目を向けた。真優梨は正面を向いていた。そのままで、どうぞ、ともう一度言った。

どうしてこんなことを、と聞きそうになる。だが、聞けない。じゃあ、おまえはどうしてクラスメイトの花びらを舐める権利を買ったんだ、と聞き返されるだけだ。

共犯者なのだ。舐める側も舐められる側も。

智司はまわりを見た。離れたテーブルにひと組の客がいるだけだ。誰もこちらに注意など払っていない。

智司は真優梨のスカートに手を伸ばした。

それだけで、手ががくがくと震えはじめる。どうにかスカートの裾をつかむ。そして、たくしあげていく。

真優梨はいやがらない。まあ、ここでいやがるのなら、そもそもここにいないだろうが。

太腿があらわになってくる。クラス一の美少女の太腿だ。


真優梨は転校生だ。一学期の途中にS高校にやってきた。はじめて真優梨を見たときは、そのあまりの美少女ぶりに、智司は雷に打たれたような衝撃を受けた。

例えで使われるが、本当に電撃が身体を突き抜けた気がした。

すんだ美しい瞳、すうっと通った小鼻、透明感あふれる白い肌、さらさらのロングヘア——なにもかもが智司の理想だった。まさにタイプど真ん中の美少女だった。

もちろん真優梨はクラスの男子だけではなく、すぐに二年の男子たちみんなの憧れの的になった。数週間くらい経《た》ったころだろうか、真優梨が三年の長谷川《はせがわ》翔太《しょうた》とつきあっているという噂が流れた。

その噂を聞いたときは信じられなかった。翔太はS高校一のイケメン男子で、生徒会長も務めていた。彼女は、S高校一の美女と言われている、星川恵里香《ほしかわえりか》だ。翔太が恵里香と別れて、真優梨とつきあうことはないと思った。そもそも翔太がほかの女に目を向けたら、恵里香がゆるさないと思ったからだ。しばらくするうちに、真優梨が翔太とつきあっているという噂はなくなった。噂はたんなる噂にすぎなかったのだと思った。


真優梨が同じクラスの女子になってから、智司はずっと真優梨を見ていた。もちろん、オナペットだった。けれど真優梨は清楚すぎて、真優梨を思ってオナニーすること自体、罪悪感があった。

そんな真優梨の太腿が今、どんどんあらわになってくる。

触りたくなった。触るのはいいのだろうか。でも、あそこを舐める約束をしているのだ。太腿を触るくらい、大丈夫だろう。

智司はどうしても触りたくなり、右手でスカートの裾をたくしあげたまま、左手の手のひらを真優梨の太腿に置いた。

真優梨の下半身がぴくっと動いた。智司はそのまま手のひらを動かす。真優梨の肌が手のひらにしっとりと吸いついてくる。すでに太腿の感触は顔面で感じていたが、こうして触るとまた違う。

そのまま、手のひらを太腿のつけ根へとあげていく。それにつれて、スカートの裾が大きくたくしあがり、真優梨の股間があらわれた。

今日も純白のパンティだ。やはり、真優梨はなにより白が似合う。そんな真優梨を俺は汚そうとしている。

大好きな真優梨に、倒錯した欲望をぶつけようとしている。

清廉な真優梨もいつかは、誰かにパンティの中を見られ、そして割れ目の奥を舐められるときが来るだろう。だが、それは愛の交換だ。好きな人と愛情を伝え合い、確かめるべく、あそこを舐められ、真優梨もペニスを舐めるのだ。

だが、これは違う。智司の一方的な劣情をぶつけるだけだ。

やはり、こんなことをしてはいけない。俺は最低な男になる。いや、バスの中でパンティの匂いを嗅いだ瞬間、もう最低になっているか……。

智司は真優梨の恥部に貼りつくパンティをじっと見つめる。

「どうしたの」

向かいの女子が聞いてくる。

「やめる？　やめてもいいのよ」

やめない。ここでやめたら、一生、こんな美少女のあそこを舐めることなんてないだろう。一生だ、一生。

これは最初で最後のチャンスなのだ。

智司は真優梨の股間に貼りつくパンティに手をかけた。すると、

「だめ……」

と、真優梨が言った。

智司は構わず、パンティをまくる。すると、淡い陰りがあらわれた。

「だめっ」

真優梨がそれを手のひらで隠した。不思議なもので、隠されるとよけい見たくなる。これまでのためらう気持ちがうそのように、見たいっ、舐めたいっ、と思った。

「手をどけて」

智司は言った。

「おねがい……」

と言いつつ、真優梨は淡い陰りを手のひらで隠しつづける。

「手をどけて、香坂さん」

はじめて真優梨の名を呼んだ。思えばこれまで一度も名前で呼んだことはなかった。

「……おねがい……」

「手をどけるんだっ」

自分でも驚くような強い口調になっていた。すると、真優梨が手のひらをずらしていく。

ふたたび智司の前に、淡い陰りがあらわれる。さらにパンティを引くと、いきなり縦の秘溝があらわになった。

「あっ、すごいっ」

思わず、感嘆の声をあげていた。

真優梨の割れ目なのだっ。真優梨のおま×この入口なのだっ。

「……見ないで……」

また、真優梨が手のひらで隠そうとする。すると、

「隠すなっ」

智司は大声をあげていた。その声に、智司自身が驚いた。

「……ごめんなさい……」

真優梨は蚊の泣くような声で謝り、股間から手のひらを引く。

智司はすぐさま、真優梨の恥部に手を伸ばしていた。淡い陰りをすうっと撫で、そして剝き出しの花唇もなぞっていく。

「あっ……うそ……うそ……」

か細い声が聞こえてくる。そんななか、智司は震える指で割れ目をなぞりつづける。

これが割れ目。香坂真優梨の割れ目。この奥に、おま×こがある。この奥に、選ばれた特別な男だけが、ち×ぽを入れることができるのだ。

4

智司は花唇に指をそえると、くつろげていく。

「あっ、だめ……」

真優梨が下半身をくねらせた。だが、割れ目は開かれたままだ。

そこから、ピンクの花びらがのぞいていた。

桜の花びらでさえ、その可憐さ、清廉さに恥じらうような、ピュアなピンクが智司の目を釘づけにさせていた。

「きれいだ……」

思わず、そうつぶやく。すると、

「見ないで、温水くん……」

真優梨の声が聞こえてきた。真優梨に名前を呼ばれ、智司は震える。

震えつつ、さらに割れ目をくつろげていく。

「ああ……ああ……」

ピンクの粘膜の真ん中に、入口らしきものがあった。小指の先ほどのまるいものがあった。そこも粘膜に包まれていた。

処女だと確信した。あれを、あの円形の粘膜を突き破るのだ。真優梨が選んだ男のち×ぽで突き破られるのを待っているのだ。

残念ながら、それは智司ではない。でも今、この処女の粘膜を舐めることができる男には選ばれている。

舐める。この無垢で可憐な花びらを、俺なんかが舐めていいのか。

この粘膜を舐めていいのは、イケメン生徒会長の長谷川翔太くらいではないのか。

そうだ。長谷川翔太とはどうなんだ。

「生徒会長とつきあっているの？」

可憐な花びらの息づきを凝視しつつ、智司はぼそっと聞いた。

「えっ……」

「長谷川翔太の彼女なの？」

すると、違いますっ、と真優梨が叫んだ。その過敏な反応に智司は驚き、花びらから顔をあげて真優梨を見た。

真優梨はこちらを見ていた。もろに、至近距離で目が合った。

「誤解ですっ。翔太さんとは、ああ、生徒会長とはなんでもないんですっ」

真優梨の慌てようは尋常ではなかった。なにかある。なにかあったのか。

「星川恵里香の彼氏だよね」

と聞いていた。

「ごめんなさいっ。知らなかったんですっ」

またも真優梨は叫び、制服に包まれたスレンダーな肢体をぶるぶると震わせはじめる。あまりの慌てように、逆に怪しむ。

「処女だよね？　香坂さんって、処女だよね？」

思わず聞いていた。すると、

「なにもなかったんですっ。恵里香様、ごめんなさいっ。彼氏だったなんて、知らなくてっ、ごめんなさいっ。なにもなかったのっ。ゆるしてっ」

がらんとした店内に、真優梨の悲鳴のような声が響きわたる。

恵里香様。そう呼ばれているらしい、とは噂で聞いたことはあったが、本当だったようだ。

向かいの席の女子を見ると、真優梨に非難の目を向けている。こういう目にあって当然よ、という目で真優梨を見ている。

もしかして、それが原因なのか。星川恵里香の彼氏と仲よくしたから、今、智司に無垢な花びらを舐められようとしているのか……。

「ごめんなさい……お詫びしますから……ああ、お詫びに……温水くんも協力してください」

お詫びの協力……。

智司はふたたび、開いたままの割れ目に目を向ける。

「あっ」

声をあげていた。ピュアな花びらに、わずかに湿り気がにじみはじめていたのだ。

これって、なに……まさか、愛液……どうして愛液をにじませるのか……。

俺は長谷川翔太ではない。イケメン生徒会長ではない。一度もモテたことがない、童貞野郎だ。そんな俺に舐められるかもしれないのに、濡らしはじめている。

いや、違う。ごめんなさいっ、と星月恵里香に謝っていた。だから、濡らしはじめているのか。よくわからない。

いずれにしても、花びらが湿り、色合が濃くなってきている処女の粘膜は魅惑的だった。

智司は引き寄せられるように、真優梨の股間に顔を埋めていった。

すると、この前嗅いだ甘い匂いを濃くしたような匂いが、智司の顔面を包んできた。

智司はがちがちに勃起させていた。鼻を花びらに押しつけた。

「あっ……うそっ」

鼻をぐりぐりと花びらにこすりつける。顔面全体が真優梨の花びらの匂いに包まれる。頭がくらくらしてくる。もちろん、大量の我慢汁を出していた。

智司は息継ぎをするように顔をあげた。そしてすぐさま、今度は口を花びらに押しつけていった。舌を出し、湿りはじめている花びらをぺろりと舐める。

「あっ、だめっ、温水くんっ……だめ、だめ」

真優梨の股間が逃げようとする。だが、大きく動くわけではない。

智司は真優梨の処女の花びらを舐めつづける。

おいしかった。これまでの人生で食したどんなものより美味だった。でも、どんな味かと聞かれても答えられない。とにかく、おいしいのだ。

智司はうんうんうなりながら、ひたすら真優梨の処女の花びらを舐めていく。湿り気は愛液だった。この湿り気が、なんとも言えない味なのだ。舐めるだけで、ぞくぞくするような、股間にびんびん響く味だった。

智司は若いから、舐める前から勃起させていたが、例えば、勃起の具合がよくない老人でも、真優梨の花びらを舐めれば、すぐに勃起しそうな気がした。

「そこまでよ」

向かいに座っている女子が言った。だが、智司は真優梨の花びらを舐めつづけた。止まらなかった。

「真優梨、髪を引っぱりなさい」

女子が命令する。できません、という真優梨のか細い声がする。真優梨はさらに愛液をにじませていた。智司に大切な処女の粘膜を舐められて、からからになるどころか、さらに愛液を湧き出させていた。

もしかして、この異常な状況に、真優梨は感じているのか。感じないと、愛液は出さないだろう。ふつう、いやな男相手では、女は濡れない、と聞いている。

でも、それはネットからの知識にすぎず、生身の女はいやな男相手でも濡らすのだろうか。いや、そもそも俺がいやな相手じゃないのかもしれない。まさか、それはないだろう。

「おしまいよ、温水くん」

じれた女子が席を立ち、真優梨の股間に顔を埋めたままの智司の髪をつかみ、引きあげようとした。

だが、智司の顔面は起きあがらなかった。真優梨の処女の花びらに吸いついたまま動かない。智司は射精しそうになっていた。このまま、射精したかった。

「頭をあげなさいっ」

女子が声を荒らげる。髪をぐっと引きあげる。

「う、ううっ」

智司はうなりつつ、ぺろぺろと舐めつづけた。

智司の舌が花びらから離れていく。もっと舐めたかった。まだ、真優梨の愛液が残っていた。舐めても舐めても、真優梨は蜜を出していた。

「ああ、もっと、舐めたい」

真優梨の花びらは、智司の唾液まみれとなっていた。

「もう、おしまいよ」

女子が真優梨に、パンティをあげなさい、と命じる。真優梨が我に返った表情を見せ、パンティを引きあげた。

智司の前から、ピンクの粘膜が消えた。

暴発してもいいとゴムまで着けてきたが、ぎりぎり射精しなかった。

5

週明け、席がえがあった。真優梨が前の席になった。今日の真優梨は漆黒のロングヘアをポニーテールにしている。真優梨のポニーテールは珍しかった。

真優梨のうなじが、すぐそばにあった。手を伸ばせば届く状態で、授業がはじまった。いつも以上に、智司は授業どころではなくなっていた。

ほつれ毛が貼りつくうなじから、かすかに甘い匂いが薫ってくる。

すると、週末に舐めた、真優梨の処女の花びらがとても鮮明に、智司の脳裏に浮かびあがった。もちろん、勃起させていた。朝、教室に入ってきた真優梨を見た瞬間から、ずっと勃起させていた。

教師がプリントを配りはじめた。前列からうしろにまわしてくる。真優梨がふり向いた。目が合った。その瞬間、智司は射精しそうになったが、ぎりぎり堪《こら》えた。

「はい」

真優梨がプリントをわたしてくる。そのとき、指と指が触れ合った。

その瞬間、智司は射精していた。真優梨の美貌を真正面から見ながら、ブリーフにどくどくと大量のザーメンを噴き出していた。

「どうしたの」

真優梨が怪訝《けげん》な顔をした。

射精したんだよ、真優梨、と心の中で告げていた。

週末、真優梨の花びらを舐めてから、ＪＫ盗撮サイトから、メールが来なくなった。どうしたのだろう。花びらを舐めたのだ。次はもしかして、フェラはいかがですか、と十万円くらい請求してくるのかと思っていた。もちろん、そのときは、智司は十万出すつもりでいた。

智司は授業中、ずっと真優梨のうしろ姿を見ながら、勃起させて過ごしていた。

花びらを舐めたからといって、真優梨に話しかけることはなかった。弱みにつけこみ、なれなれしく迫ることもしなかった。

だが、たまに教室で目が合ったとき、真優梨はそのまま見つめてくることがあった。なにか言いたそうな目をしていた。

ＪＫ盗撮サイトからなにも連絡がなく、金曜日になった。

放課後、下駄箱で上履きから靴に履きかえていると、真優梨が寄ってきた。まわりに誰もいなかった。話しかける絶好のチャンスだったが、いったい、なんて言っていいのかわらかなかった。でも、立ち去ることもできず、靴箱の前に立っていた。

すると、真優梨のほうから寄ってきて、

「この前の喫茶店で」

そう言うと、ローファーを履き、さようなら、と去っていった。

「あ、あの……香坂さん……あの……」

この日もポニーテールだった。智司は揺れるポニーテールを見つめつつ、心臓をばくばくさせていた。

真優梨のほうから、誘ってきたのだ。だが、なにか訳ありそうな表情をしていた。ただ、智司とお茶を飲みたくて、誘ってきたのではないだろう。

けれど、智司は夢心地だった。あの美少女、真優梨と喫茶店で会えるのだ。

三十分後、智司は喫茶店で真優梨と向かい合っていた。真優梨はこの前と同じ席に座っていて、あのとき見た処女の花びらを思い出し、智司はすぐに、びんびんにさせていた。

もしかしたら、女子たちもいっしょかもしれないと思ったが、真優梨だけだった。念願のふたりきりだ。でも、なにを話していいのかわからかない。なにか話さなければ、とあせればあせるほど、なにも言葉が出なかった。

オレンジジュースが運ばれ、ウエーターが離れると、真優梨が身を乗り出してきた。真優梨の肌理の細かい肌が近寄ってくる。

「助けてほしいの」

「えっ、助ける……」

「処女膜が……競りにかけられるの」

そう言うと、真優梨は真っ赤になり、視線をそらした。

「えっ、なに……今、なんて言ったの」

わざともう一度言わせるためではなく、あまりに予想外の話で、聞き違いかもしれないと思ったのだ。

「競りにかけられて……私の処女が売られるの」

視線をそらしたまま、真優梨はそう言うと、ストローに唇をつけ、オレンジジュースを吸いあげる。

「あ、あの……いったい誰が……香坂さんを……」

「真優梨って、呼んでいいわよ、温水くん」

まっすぐに智司を見つめ、真優梨がそう言った。

「えっ……」

「いいわよ」

「ま、真優梨、さ、さん……」

本人を目の前にして、名前を呼んだだけで、智司は感激で泣きそうになる。すでに処女の花びらを舐めていたが、あれは金が介在している。でも今は、少なくとも今この瞬間は、金銭は介在していない。

「あのサイトを運営しているのは、恵里香様なの」

「えっ、恵里香……さ、様」

星川恵里香のことだ。S高校一の美貌を誇る、美少女JKだ。しかも、理事長の娘だ。

「私、知らなかったの。翔太様が、恵里香様の彼氏だったなんて……キスしているところを見られてしまって……それから学校の中で、着がえの盗撮動画や……トイレの動画までも撮られて……それで脅されたの……世間にトイレ動画を流されたくなかったら、言うことを聞けと……」

「あ、あの、あんなこと、ほかにもやっているの？」

「ううん。温水くんがはじめて……温水くんだけなの……たぶん、温水くんだとわかって、誘ったんだと思うわ」

「そうなんだ……」

もちろん、智司は偽名でＪＫ盗撮サイトのプレミア会員になっていた。でも、相手にはわかっていたのだ。わかっていて、ピンポイントで真優梨を与えてきたわけだ。

「キスだけなのっ。それだけなのっ。恵里香様の彼氏だとわかったあとは、一度も翔太様とは会っていないのっ。わかるでしょうっ、温水くんっ」

智司に聞かれても困ったが、そうだね、とうなずいていた。

「いちど言いなりになると、抜けられないの……助けてほしいの。こんなこと頼めるのは、温水くん、いや智司くんしかいないの」

「真優梨さん……」

名前で呼ばれ、ドキドキする。

「どうやったら、助けられるの」

「わからない……わからないの……どうしたらいいの。私、もうすぐ好きでもない人に犯されるの……処女膜を破られるの……それでいいの？　智司くんっ」

「よくないよっ。ぜったい、よくないよっ」

やはり、金だろうか。恵里香に大金を積めば、真優梨は解放されるのか。違う気がした。恵里香はお嬢様だ。金なら、いくらでもあるだろう。金ではない。自分の彼氏とキスした真優梨をとにかくゆるせないのだ。

とことん穢《けが》すまで、ゆるさない気がした。

だから、クラスメイトの冴えない男に、スカートの中を嗅がせたり、花びらを舐めさせたりしているのだ。そして次は、処女膜競り。

「智司くんだけなの……相談できるの」

そうだろう。真優梨はすがるような目を智司に向けている。これだけの美少女に頼りにされて、それを拒むなんてありえないだろう。

「わかった。会ってみよう。星川恵里香に会ってみよう。僕にできるかどうかわかならいけど、交渉してみるよ」

「ありがとう、智司くん」

真優梨が手を伸ばしてきた。テーブルの上で智司の手を握ってくる。我慢汁が大量に出るのを感じた。

キスしたかった。助けるから、キスさせて、と言いたかった。

智司は真優梨の唇を見つめる。清楚な美貌の中で、やや厚ぼったい唇だけが、どこか大人びて見えた。すでに、長谷川翔太とはキスしている。

俺もキスしたい。キスしたいよ、真優梨っ。

「夜、学校に来てくれるかな」

「えっ」

「夜、恵里香様はひとりで学校のプールにいるの」

S高校のプールは屋内にあり、温水だった。この季節にも、プールの授業がある。

理事長の娘が特権を生かして、夜のプールを独占しているのか。

「恵里香様とふたりきりで会えるチャンスはそこくらいなの」

「わかった。夜、学校に行くよ」

「ありがとう。智司くんを、こんなことに巻きこんで、ごめんなさい……」

智司を見つめる真優梨の瞳には、涙がにじんでいた。

そのあまりに儚げな美しさに、智司は痺れていた。

6

夜、智司はS高校行きのバスに乗っていた。

真優梨といったん別れて、ひとりになって考えてみると、もしかして、これはプレイの続きなのかもしれないと思った。

確かに、相談できる相手は智司しかいないかもしれないが、智司がS高校の女王様に交渉しても、相手にされないだけのような気がした。そんなこと、真優梨もわかっているはずだ。

それでも、藁《わら》にもすがる思いで、智司に救いを求めてきたのかもしれない。

それとも恵里香に命令されて、智司を呼びつけているのかもしれない。でも智司と会って、恵里香になんのメリットがあるのだろう。

もしかしたら、智司をおもちゃにするつもりなのか。おもちゃって、なんだろう。

バスがS高校のバス停に近づく。すると、真優梨がバス停に立っているのが見えた。

心配そうな顔で、バスを見つめている。

智司に気がついたのか、ほっとした表情を見せ、しかも胸もとで手をふったのだ。

智司の心臓が跳ねあがった。あの真優梨が、智司に気づいて笑顔を見せ、手までふったのだ。

もう、これがなにかの罠でもよかった。真優梨と接近できるのなら、恵里香のおもちゃになってもいいと思った。

真優梨が近づいてくる。真優梨は制服姿のままだった。紺のブレザーに、紺のプリーツスカート。白のブラウスで、赤のネクタイをしている。

きれいだ。ああ、きれいだよ、真優梨。

バスが着いた。智司は嬉々とした顔で、バスから降りた。

「ありがとう、智司くん」

また真優梨が礼を言った。キスしたかった。キスさえしてくれれば、それで充分だった。今なら、キスして、と言えば、してくれるのではないか。真優梨は智司だけが頼りなのだから。でも、言えなかった。

「行きましょう」

真優梨が先を歩く。正門は閉じていた。裏手にまわると、裏門は開いていたので、そこから入っていく。

夜の学校は静まり返っている。真優梨とふたりだけで、グラウンドを歩いていると、それだけで、ドキドキする。もちろん、デートなんかではなかったが、デートのような錯覚を感じる。

室内プールの建物が見えた。明かりが点《つ》いていた。

「恵里香様、いらっしゃるわ」

真優梨が言う。

「あ、あの、みんな……星川さんのこと、恵里香様って呼ぶの？」

そう聞くと、真優梨がふり返り、不思議そうに智司を見つめた。当たり前でしょう、どうしてそんなこと聞くの、という目をしていた。

室内プールに着いた。ドアを開き、中に入った。

プールサイドに立つと、ひとりで悠々と泳いでいる女性の姿が見えた。

「恵里香様っ、真優梨ですっ」

真優梨が叫んだ。すると、恵里香がプールサイドに寄ってきて、プールからあがった。

「おうっ」

智司は思わずうなり声をあげていた。

恵里香が素っ裸だったのだ。一糸もまとわぬ姿で泳ぎ、今、智司の前に堂々とそのオールヌードをさらしていた。

恵里香は智司に気づいたが、乳房も股間も隠すことなく、こちらに歩いてくる。

智司は恵里香の裸体の素晴らしさに圧倒されていた。

美麗なお椀形の乳房は、かなり豊満だった。一歩、長い足を運ぶたびに、ぷるんと弾んだ。

わずかに芽吹いている乳首はピンクだった。穢れを知らないピュアなピンクだった。ウエストは折れそうなほどくびれている。そこから臀部にかけての曲線は芸術的だった。

恥毛は薄く、水を吸ってべったりとヴィーナスの丘に貼りついている。それゆえ、すうっと通った秘溝があらわになっていた。

まさか、S高校一の美少女の乳房も乳首も、割れ目もいきなり目にすることができるとは。

「誰？」

恵里香が智司を見て、聞いてきた。

「同じクラスの温水くんです」

真優梨が紹介した。温水です、と智司は頭をさげる。

「ああ、あなたね。真優梨のおま×この味はどうだったかしら」

恵里香が聞いてくる。

「えっ、あ、ああ……」

「おま×こを舐めたのは、はじめてかしら」

「は、はい……」

すでに、主導権を握られていた。こんな状態で、恵里香と交渉できるのだろうか。

「童貞よね」

「えっ……」

「キスも経験ないかしら」

「えっ……あ、い、いや……あ、ああ……」

「キスよ、キス」

と言うなり、恵里香は真優梨の腕をつかむとぐっと引き寄せ、いきなり真優梨の唇を奪った。

あっ、と智司は声をあげていた。

恵里香と真優梨が唇と唇を重ねていた。それだけではない。恵里香が舌で突くと、真優梨が唇を開いたのだ。

すぐさま、恵里香の舌が真優梨の口に入り、舌をからめ合いはじめた。

智司はS高校で一、二を争う美少女同士のベロチューに、瞬《まばた》きも忘れて見入っていた。

第二章　夜のプールサイド

1

「うんっ、うっんんっ」

ぴちゃぴちゃとエッチな音をたてて、恵里香と真優梨が舌をからめ合っている。

どちらの横顔も美しく、そしてエロい。

特に、うっとりとした横顔を見せる真優梨は神々しいほどだった。

恵里香が真優梨の唇から舌を引いた。ねっとりと唾液が糸を引く。それを真優梨が啜《すす》った。

「真優梨の唾はおいしいわよね。おま×この汁の味とどっちがおいしいかしら」

唇を絖《ぬめ》らせつつ、恵里香がそう聞いてくる。

「えっ、い、いや、あの……」

「あら、真優梨とはキスしていないのかしら」

「は、はい……」

すると、恵里香がハハハと笑った。

「あなた、真優梨を助けるために来たんでしょう」

「え、ええ……は、はい……」

「キスもしていない。キスもさせない女子のために世話を焼くなんて、あなたもお人好しね」

智司は真優梨の唇を見つめる。真優梨の唇も唾液で絖っていた。

キスしたい。真優梨とキスしたいっ。

「お人好しの童貞って、嫌いじゃないわよ、智司」

恵里香から、いきなり名前を呼び捨てにされた。怒りは湧かなかった。

むしろ、恵里香様に名前を知られていることに、気安く呼び捨てにされたことに、喜びを感じていた。

「あ、あの……」

「なにかしら」

恵里香が智司に近寄る。たわわな乳房が重たげに揺れる。真優梨とキスしたことで昂《たかぶ》っているのか、いつの間にか、乳首がつんとしこっていた。

間近で見ると、よけい清廉なピンクに惚れぼれする。もしかして、恵里香も処女なのでは。いや、まさか。イケメン生徒会長とつきあっているのだ。

「あの……その……」

「処女膜の競りのことでしょう」

「は、はい……」

「真優梨に助けてって頼まれて、キスのご褒美もなしに、のこのこやってきたのね、智司」

「す、すみません……」

なぜか謝ってしまう。

「この女、嫌いなの」

恵里香が真優梨をにらみつける。ひいっ、と真優梨が息を呑む。美人だけに、にらみ顔に迫力がある。智司も身体を強張《こわば》らせていた。

「だから、処女膜を売りに出すことにしたの」

「すみませんでしたっ。知らなかったんですっ。翔太様が、恵里香様の彼氏だったなんて、知らなかったんですっ。どうか、処女膜だけはおゆるしくださいっ」

そう叫び、真優梨がその場に膝をつくと、プールサイドに額をこすりつけた。

「智司は？」

恵里香が智司に目を向ける。智司もすぐさま真優梨の隣にひざまずき、おねがいします、と土下座した。

「どうしたんだい」

男の声がした。

見あげると、黒の海パン姿の男がこちらに向かってくる。長谷川翔太だ。

イケメンだけでなく、鍛えられた身体をしていた。胸板が厚く、腹筋が見事に浮きあがっている。

「真優梨が処女膜を競りにかけられたくないって」

恵里香が言う。翔太はなにも答えない。

「わかったわ。真優梨しだいね」

えっ、と真優梨も美貌をあげる。翔太と目が合い、頬を赤らめる。

今も、翔太のことが好きなのか。智司と会っているときと、まったく表情が変わっていた。

「翔太、ち×ぽ、出して」

恵里香が言う。翔太はうなずき、海パンをさげた。するとペニスがあらわれ、あっ、と真優梨が声をあげ、額をプールサイドにこすりつけた。

「どうしたの、真優梨。あなたが大好きな翔太のち×ぽよ。まだ、見たことないでしょう」

恵里香がそう言う。

「ありません……なにもありませんっ」

「キスだけよね」

「すみませんでしたっ」

「いいのよ。智司、あなたもち×ぽを出して」

恵里香が真優梨と並んで土下座したままの智司に向かって、なんでもないことのようにそう言った。智司のほうは驚き、えっ、と顔をあげる。

すると、翔太のペニスがもろに目に入ってきた。半勃起だったが、かなりたくましかった。

「はやくしなさいっ、智司っ。真優梨の処女膜を守りたいんでしょうっ」

恵里香がそう言い、守りたいですっ、と智司は立ちあがる。智司は制服姿だった。紺のブレザーに、紺のスラックス。そして、白のシャツに紺のネクタイをしていた。

「ぜんぶ、脱いで」

恵里香が言う。

「ぜ、ぜんぶ、ですか……」

「真優梨の処女を守りたいんでしょう？」

「おねがい。脱いで、智司くん」

額をこすりつけたまま、真優梨がそう言う。わかった、と智司はブレザーを脱ぎ、シャツを脱ぐ。上はTシャツだけになり、スラックスをさげていく。

すると、ブリーフがあらわれる。真優梨がそばにいるだけで、いつももっこりさせていたが、今は緊張しすぎて、ペニスは縮こまっている。

半勃《だ》ちでもたくましさを感じさせる翔太のペニスを前にして、縮こまったペニスはみじめだ。

「さあ、脱いで。女の私が全裸なのよ。男のあなたが恥ずかしがって、どうするの」

「す、すみません」

智司はTシャツを脱ぐ。色白な、まったく鍛えられていない、ぷよぷよの上半身があらわれる。

顔面だけではなく、身体もイケメンに負けている。それが悔しい。顔面はどうしようもないが、身体はどうにかなったはずだ。

「さあ、はやくち×ぽ、出しなさい」

智司のペニスは縮みきったままだ。それを恵里香の前に出すのがたまらなく恥ずかしい。

「どうしたのかしら。童貞は面倒ね」

すみませんっ、と謝り、智司は死ぬ気でブリーフをさげた。

「あら……おち×ぽはどこかしら」

と言って、恵里香が笑う。智司はすぐさま、股間を手のひらで隠す。

「真優梨、智司のおち×ぽをわかるようにさせて」

恵里香が言った。

えっ、と真優梨が美貌をあげる。すると、翔太のペニスと向かい合う。

「あっ、翔太様……」

真優梨が見つめると、翔太のペニスがぐぐっと反り返りはじめた。ただでさえ太くたくましいペニスが倍になっていく。

「あ、ああ……す、すごい……男、男らしいです……」

見事な反り返りを見せた翔太のペニスを、真優梨はうっとりとした目で見つめる。翔太の勃起したペニスは、グロテスクではなかった。男の肉体美を感じさせた。勃起させたペニスも含めて、鍛えられた肉体であった。

「真優梨、智司のおち×ぽを見えるようにして」

恵里香が言い、真優梨が横を向いた。こちらもちょうど目の高さに、智司の股間があった。

真優梨にペニスを見られ、智司の緊張はマックスになる。あれだけいつもびんびんにさせていたち×ぽが、今は縮みに縮みきっている。

「うそ……ちい……」

そこで、真優梨は言葉にするのをやめた。小さい、と言いそうになり、あわてたのだ。

「はやく、わかるようにして」

「あ、あの……ど、どうすれば……」

「吸うのよ。吸えば、大きくなるわ」

真優梨は智司の股間を見て、泣きそうな顔になる。吸いたくないのだ。智司のち×

ぽなんか、口にするのもいやなのだ。

「どうした、真優梨。恵里香様のご命令が聞けないのかい？」

そう言いながら、翔太が鋼のペニスで、ぴたぴたと真優梨の頬を張りはじめた。

すると真優梨は、あっ、と声をあげると、瞳を閉ざし、はあっ、と火の息を洩らす。

翔太にペニスビンタを張られて、うっとりとさせていた。

「さあ、吸うんだ、真優梨」

翔太が言い、はい、と真優梨はうなずく。そして、智司の股間に青ざめた美貌を寄せてくる。

「あっ、ま、真優梨さ……」

さん、と呼ぶ前に、縮みきったペニスの先端に、ちゅっとキスされた。

その瞬間、智司の身体に電流が走った。

「おうっ」

雄叫びをあげて、がくがくと下半身を震わせる。大量の我慢汁が出てくる。でも、縮みきったままだった。

真優梨が小指くらいしかないペニスの先端を口に含んできた。だが、すぐに吐き出した。ごほごほと咳きこむ。

「す、すみません……生まれてはじめて……口にしたから……」

見ると、ピンクの唇が白く汚れている。智司の我慢汁だ。

2

「まずいのかしら」

真優梨は、苦いです、と小声で答える。

「見るからに、まずそうよね。翔太のおち×ぽはおいしいわよ」

そう言うなり、恵里香が翔太の足下に膝をついた。そんな恵里香を目にしただけで、智司は驚いた。真優梨も目をまるくさせている。

恵里香は舌をのぞかせると、見事な反り返りを見せる翔太のペニスをつけ根から舐めあげはじめた。

胴体を舐めあげ、裏の筋にねっとりと舌腹を押しつける。すると翔太が、ううっ、とうなり、ペニスをぴくぴくさせた。

恵里香はしつこく裏筋を舐めたあと、先端をすうっと舐める。

「ああっ」

翔太も腰をぶるぶる震わせる。見るからに、気持ちよさそうだ。そして、恵里香もおいしそうな横顔を見せて、舐めている。

ちらりと真優梨を見る。翔太のペニスを舐めている恵里香を羨《うらや》ましそうに見つめている。

翔太の鈴口から我慢汁が出てきた。これには智司も驚いた。イケメンも我慢汁を出すのだ。

裏筋を舐めていた恵里香が、我慢汁に舌を向けた。ぺろりと舐め取る。

「おいしいわ、翔太」

「ああ、恵里香様……ありがとうございます」

翔太が恵里香に敬語で礼を言う。

鈴口からさらに先走りの汁が出てくる。それを恵里香はていねいに舐め取る。

「……ああ、舐めたい……」

真優梨がつぶやく。

「なにしているの、真優梨。ほら、智司もお汁を出しているわよ」

恵里香に言われ、真優梨が智司の股間に目を向ける。相変わらず縮こまったままのペニスの先端が、大量の我慢汁で白く汚れている。見るからに、まずそうだ。

智司だって、舐めろと言われたら、泣きたくなるだろう。実際、真優梨は美貌を強張らせて、美しい瞳には涙を浮かべていた。

そんななか、恵里香が翔太の鎌首を咥えた。うんうん、と悩ましい吐息を洩らしつつ、鎌首を吸っていく。

「あ、ああっ、恵里香様っ……ああっ、たまらないよっ」

ずっと余裕の顔だった翔太が、情けない声をあげる。童貞みたいだ。

「うんっ、うっんっ……」

恵里香の唇が胴体へとさがり、そして鎌首ぎりぎりまであがる。

「あんっ、ああんっ」

翔太が女のような声をあげる。見るからに気持ちよさそうなフェラだ。まさか、S高校一の女王様がフェラ上手だったとは。フェラなんて一生しそうにないように見えるのだが、女はわからないものだ。

一方、真優梨は智司のペニスを舐めてくれない。羨ましそうに、恵里香の唇を出入りしている翔太のペニスを見ている。

「出そうですっ。ああ、恵里香様っ、もう出そうですっ」

翔太が情けない声をあげる。もしかして、本当に童貞か。いや、あれだけのイケメンモテモテでありえないだろう。

恵里香が唇を引きあげた。ねっとりと唾液が糸を引く。

「勝手に出したら、ゆるさないから」

「出しません……恵里香様のおゆるしがあるまで、ぜったい出しません」

はあはあ、と荒い息を吐きつつ、翔太がそう言う。

恵里香がこちらを見た。

「真優梨、なにしているのっ。私の言うことを無視するつもりなのかしら」

「いいえっ、すみませんっ」

と叫び、真優梨がふたたび、智司の股間に美貌を埋めてきた。縮みきったペニスが、真優梨の口に包まれる。

初フェラだ。しかも、相手は恵里香と並ぶ美少女なのだ。

勃《た》てっ、どうして勃たないっ。

翔太のペニスはたくましかったが、智司もびんびんにさせれば、それなりの迫力が出るはずだった。

真優梨は、今度はすぐに吐き出すことなく、縮こまったペニスをちゅうちゅうと吸ってくる。吸われるたびに、あらたな我慢汁が出ていた。

真優梨は美貌を歪《ゆが》めていた。吸いたくないのだろう。

智司のほうは、生まれてはじめてのフェラに感動していた。ファーストキスより、初フェラが先になっていた。

「ぜんぜん、大きくならないわね。肛門を舐めてあげなさい。そうしたら、大きくなるわ」

恵里香が言った。真優梨の身体が固まる。

「さあ、はやくして、真優梨」

真優梨が智司の股間から美貌を引いた。縮こまったままのペニスは、真優梨の唾液まみれになっている。

思えば今、服を着ているのは、真優梨だけだ。真優梨だけが、S高校の制服をきちんと着ている。

もしかして、真優梨だけが裸にされて辱めを受けるのでは、と危惧していたが、まったく逆だった。

「智司、お尻を向けなさい」

恵里香が言い、智司は言われるまま、真優梨に尻を向ける。真優梨が視界から消えたが、なんと恵里香が正面にまわってきた。吸い寄せられるように、恵里香の裸体をまじまじと見てしまう。

「盗撮じゃないと勃たないのかしら」

そう言いながら、恵里香がそろりと縮こまったペニスをなぞってきた。

「ああっ」

智司のペニスは一気に大きくなっていった。

「あら、けっこうすごいじゃないの、智司」

そう言いつつ、恵里香がぐぐっと反り返るペニスを下から上までなぞってくる。

「あ、ああ……恵里香様……」

指で軽くなぞられるだけなのに、智司のペニスはびんびんになっていく。大好きな真優梨に吸われても、ぴくともしなかったペニスが、S高校一の美少女になぞられ、見事な勃起を見せていく。

「見直したわ、智司」

恵里香は裏筋をなぞりつづける。

「あっ、そこはっ」

縮まったまま真優梨に吸われたあと、一気に勃起させて、急所をなでられ、智司ははやくも出しそうになっていた。

「あっ、だめですっ、恵里香様っ」

すでに、ごく普通に恵里香を様づけで呼んでしまっている。

「これくらい、我慢しなさい。男でしょう」

智司のペニスを気に入ったのか、恵里香は裏筋をなぞりつづける。

智司のほうは今にも暴発しそうで、あぶら汗をかいていた。少し前までは勃たなくてあせっていたが、今は射精を恐れている。

「なにしているの、真優梨。肛門を舐めなさい」

はい、と真優梨の手が尻たぼにかかった。ぐっとひろげられる。

「ああっ、真優梨さんっ、そんなとこ、恥ずかしいよっ」

今、肛門を美少女の前にさらしていると思うと、生きた心地がしなくなる。と同時に、下半身がカアッと燃えてくる。

恵里香は裏筋をなぞりつづけている。ペニスはひくつき、大量の我慢汁が出てくる。

そんななか、真優梨の息が肛門にかかった。それだけで、智司の身体は一気に燃えあがった。

あっ、と思ったときには、暴発させていた。

勢いよく噴き出したザーメンが、真正面に立つ恵里香のたわわな乳房を直撃した。

どくどくっ、どくどくっと噴き出し、お椀形の美麗なふくらみを汚していく。とがったピンクの乳首が白く染まる。

いちど出したら、もう自分では止められない。身体を震わせながら、次々と恵里香の裸体にザーメンを浴びせかけつづける。

「あ、ああ、あああっ」

恵里香は呆然とした顔でザーメンを受けていた。はじめてザーメンを乳房に浴びたような表情だった。まあ、それはそうかもしれない。

止まれ、止まれ、と念じたが、ペニスは脈動を続け、恵里香の乳房をどろどろにさせていった。

ようやく脈動が収まった。

恵里香がザーメンまみれの自分の乳房を見つめる。

「はじめてよ。私にザーメンをかけた男は、あなたがはじめてよ、智司」

凍りつくような目で、恵里香が智司をにらみつける。

「すみませんっ。申し訳、ありませんっ」

智司はひたすら謝る。

「ああ、なにか、拭くものはっ」

その間も、乳房にかかったザーメンが、恵里香のお腹や股間へ次々と垂れていく。

「真優梨、きれいにして」

恵里香が言う。肛門に息をかけただけで、舐めることができずにいる真優梨が、えっ、と声をあげた。

「あなたの彼氏の無作法の後始末をしなさい」

「か、彼氏じゃ……ありません」

「あら、そうなの。ひどいわね。あなたの処女を守るために、いっしょに来てくれたんでしょう。彼氏にしてあげなさい。ねえ、翔太」

恵里香が翔太に手招きする。翔太が勃起させたままのペニスを揺らしつつ、恵里香の横に並ぶ。

「私にザーメンをかける男がいたなんて、驚きだわ」

「僕でもかけたことはないよ」

そうね、と言いつつ、恵里香が翔太に唇を寄せていく。翔太がそれを受ける。ふたりの唇と唇が重なった。

恵里香は乳房から智司がかけたザーメンを垂らしつつ、翔太と舌をからませ合う。

智司はそんな恵里香に見惚れる。なんて美しいのだろうか。ザーメンを浴びせたとき、恵里香を汚してしまった、なんてことをしたんだ、とあせったが、汚してなどいないことに気づく。

恵里香は智司のザーメンまでも、自分を美しく飾る装飾品に変えてしまっていた。

しかも翔太とキスする横顔は、なんともセクシーだった。

真優梨が智司の横に並んだ。ちらりと見ると、嫉妬の目でふたりのキスを見つめている。翔太が好きです、と顔が告げていた。

恵里香はキスをやめない。翔太は私のものよ、と見せつけているようだ。

うんうん、と舌をからめつつ、恵里香が手招きし、乳房を指さす。

真優梨が恵里香に迫る。舌を出すものの、ためらうように引く。智司が出したザーメンなのだ。そんなものはめたくないのだろう。

「さあ、彼氏のザーメンを舐めなさい」

「彼氏じゃ、ありません……」

また、真優梨が否定する。

そんなに否定しなくてもいいじゃないか、真優梨。

「舐めないのなら、智司には罰を受けてもらおうかしら」

罰、と智司と真優梨の声が重なる。

「まずは、このザーメンを舐めて、きれいにしなさい、智司」

恵里香が言った。

智司は思わず、いやそうな表情を浮かべてしまう。自分の出したザーメンを舐めるなんて、いやだった。

「あら、私のおっぱい、舐めてもいいと言っているのよ」

恵里香が言い、そうだ、と思った。ザーメンを舐めるということは、恵里香の乳房を舐めるということを意味していたのだ。

「舐めます。喜んで、掃除させていただきます」

またも敬語になる。

恵里香の乳房には大量のザーメンがかかっている。よくこんなに浴びせたものだ。普通だったら、もっと怒るだろう。恵里香は罰を与えてきたものの、さほど怒ってはいない。

むしろ、裏筋を撫でたくらいで暴発させてしまう情けない童貞男を楽しんでみるように見えた。

智司は恵里香の乳房に顔を寄せていく。美麗なお椀形の乳房に顔を寄せられるのはうれしかったが、ザーメンの異臭が鼻をつく。AV女優はおいしそうに舐めてみせるが、きっとまずいはずだ。

舌を出すものの、身体が嫌悪で震える。

「どうしたの、智司。私のおっぱい、舐めるのがいやなのかしら」

「いいえっ。舐めますっ」

思いきって舐めようとしたとき、

「ごめんなさいっ」

真優梨が叫んだ。

3

「私が舐めます。私にお掃除させてください」

真優梨が美貌を寄せてきた。

「真優梨さん……」

「ごめんなさい。智司くんは私のために、恥まみれになっているのに……私、ごめんなさい」

そう言うなり、智司の目の前で、真優梨がピンクの舌をのぞかせ、恵里香の乳房にかかった智司のザーメンをぺろりと舐めはじめた。

ひと舐めすると、真優梨がつらそうな横顔を見せた。やはり、まずいのだ。出したザーメンなんてまずいに決まっている。

「どうしたのかしら。智司のザーメン、まずいのかしら」

「いいえ……お、おいしい……です」

そう言うと、真優梨はふたたび、ザーメンを舐め取りはじめる。舌が乳首に迫っていく。

ねっとりとかかったザーメンを乳首ごと、ぺろりと舐めあげる。すると、

「あんっ」

恵里香が甘い声をあげた。

その声に、ドキリとする。真優梨は恵里香の右の乳首だけをぺろぺろと舐めつづける。

「あっ、あんっ……ああ……」

すでにザーメンは消え、真優梨の唾液にかわっている。ピュアなピンクが絖光っている。

「いつまで……そこを……ああ、舐めているのかしら」

「あっ、すみませんっ。ごめんなさいっ、恵里香様っ」

真優梨はあわてて唇を引き、すぐさま左の乳首に舌を向ける。

こちらにも大量のザーメンがかかっている。乳首が見えないくらいだ。真優梨は、今度はそれに吸いついていった。ちゅうっ、と恵里香の乳首をザーメンごと吸いあげる。すると、

「はあっんっ、やんっ」

恵里香がなんとも甘い喘ぎを洩らし、上半身をくねらせた。

女王様のようにふるまっていたが、その唇から洩れる喘ぎ声は、なんとも愛らしかった。

真優梨は恵里香の敏感な反応に煽られたのか、左の乳首だけをしつこく吸いつづける。

「あっ、あんっ、やんっ」

乳首はかなりな急所のようで、恵里香の甘い喘ぎ声が夜の室内プールに響きわたる。

真優梨がやっと左の乳首から唇を引いた。そのまま乳房にかかったザーメンを舐めあげ、鎖骨へと舌腹を押しつけていく。

ふたつの乳首はさっきよりさらにとがっていた。

智司ははやくも勃起を取りもどしていた。ザーメンを舐める真優梨の姿と、それに感じてしまう恵里香の恥態に見入っていた。しかも、真優梨が舐めているザーメンは智司が出したものなのだ。

鎖骨まできれいにすると、真優梨はしゃがんだ。平らなお腹に垂れているザーメンを舐める。そして、縦長のセクシーなへそにたまったザーメンを啜った。

さらに下へと唇を動かしていく。真優梨も智司のザーメンを舐めつつ恵里香を感じさせていることに、異常な昂りを覚えているようだ。

水に濡れてべったりとアンダーヘアが貼りつくヴィーナスの丘に、真優梨の舌が向かう。

漆黒の陰りにも、ザーメンが垂れていた。

真優梨はもう、まったくためらうことなく、恥毛ごと舐めあげはじめた。すると、故意か偶然か、舌先がクリトリスに触れたようだ。いきなり恵里香が、

「はあっんっ」

甲高い声をあげて、素晴らしい裸体をぶるぶるっと震わせた。

智司は恵里香のうっとりとした表情を、口を開けて見つめていた。この世のどんなAV女優よりも、目を閉じて唇を開いた官能の表情が美しく、そしてなにより股間に

響いた。

真優梨は恵里香のクリトリスを舐めあげつづける。

「あっ、ああっ、あんっ、はあっんっ」

恵里香があごを反らし、下半身をくねらせる。

美しくも、エロい。智司ははやくも、あらたな先走りの汁をにじませた。たった今、恵里香の乳房に大量のザーメンをぶっかけたのがうそのようだ。

「あ、ああっ、ああっ」

恵里香が瞳を開いた。もろに目が合う。

その瞬間、智司は暴発しそうになった。出したばかりでなかったら、暴発していただろう。それくらい、妖しく濡れた恵里香の瞳はそそった。

「ああ、上手よ、真優梨……ああ、あなた、私の舐めダルマにしてあげようかしら。ああ、どうかしら」

真優梨はひたすら、恵里香のクリトリスを吸っている。気持ちよくさせようというのではなく、このままイカせて恥をかかせようと思っているように見えた。

だが、イクことが恥になるのか……。

「あ、ああっ……上手よ……ああ、いいわ、真優梨」

うんっ、と恵里香が唇を噛む。今にもイキそうな表情となる。それがまた、たまらない。恵里香なら、顔だけでイケると思った。顔抜きできると思った。

「あ、ああっ、ああっ」

恵里香の裸体ががくがくと震えはじめる。白い肌はしっとりと汗ばみ、甘い薫りが漂いはじめている。

智司は息を呑んで、恵里香を見つめていた。すでに大量の汁が出ていた。智司だけではなく、翔太も我慢汁を出していることに気づいた。翔太も、今にもイキそうな恵里香をじっと見つめつつ、反り返ったペニスをひくつかせている。童貞のようだ。

「ああ、ああっ、ああっ」

イクのか、恵里香。イク顔を見せてくれっ。

恵里香の足が動いた。あっ、と真優梨が背後に倒れていく。イク寸前で、恵里香が真優梨のあごに膝蹴りをくらわせたのだ。

真優梨さんっ、と智司はとっさに真優梨を支える。ウエストが折れそうなほど細く、その細さに、あらたな我慢汁を出した。

「私の舐めダルマになるかしら、真優梨」

「お仕えしたら……処女は守ってくださるのでしょうか」

「そうね」

恵里香が思案顔になる。真優梨の処女膜は恵里香しだいとなっている。

トイレの盗撮動画で脅されたのが最初とはいえ、いつの間にか主従関係が確立されていた。今の真優梨なら、盗撮動画の脅しがなくても、恵里香の言いなりになっている気がする。

「あら。いつの間に大きくさせているの、智司」

「す、すみません……」

「さっきまで赤ちゃんのおち×ぽみたいだったのに、いちど私にかけたら、生意気になったわね」

「すみませんっ」

智司もひたすら謝る。思えば、どうしてこんなに下手に出なくてはならないのか。

恵里香を前にすると、自然とこうなってしまうのだ。女王様としてのオーラにあふれていた。

もちろん、智司も強くは出られない。JK盗撮動画のプレミア会員だと、教師や親にばらされたら困る。それに、金を出して真優梨のスカートの中の匂いを嗅ぎ、処女の花びらまで舐めているのだ。

こんなこと、当事者以外には知られたくない。

だがそんなことには関係なく、恵里香には謝ってしまうのだ。

「あら、翔太も智司みたいじゃないの」

我慢汁まみれの鎌首に気づき、恵里香がそう言う。

「恵里香の顔を見ていたら、こうなってしまったよ」

翔太が呼び捨てで言う。それだけで智司は、大丈夫なのか、怒りを買わないのか、とドキドキしてしまう。ふたりはつきあっているのだ。別に智司が心配することではない。

「真優梨、好きなほうのち×ぽ、しゃぶっていいわよ。口でイカせて飲んだら、処女膜競りは延期してあげる」

「す、好きな……おち×ぽ……」

恵里香の足下にしゃがんだままの真優梨が、正面で反り返っている翔太のペニスを見つめる。すると、それから離れない。

「智司、あなたのち×ぽも見せてあげなさい。翔太に負けてないわよ」

恵里香に言われ、そうなのか、と自信がつく。顔面も身体も負けていたが、もしかして勃起させたペニスなら、イケメンと張り合えるのか。

智司は真優梨の腰から手を引くと立ちあがり、翔太の横に並んだ。

真優梨の瞳が、智司のペニスに向く。すると、

「あっ……」

と、声をあげる。さっきまで、翔太のペニスに釘づけだったのに、智司のペニスから離れなくなる。

えっ、まさか。この俺が長谷川翔太に勝っているのかっ。

「さあ、舐めて、出してあげなさい」

恵里香が言う。

「好きなほうを……舐めるのですね」

「そう。好きなほうよ」

真優梨の視線が翔太に向かう。顔から胸板、腹筋、そして見事に反り返ったペニスを見つめる。はあっ、と熱いため息を洩らす。

そして、智司を見あげた。だが顔を見ただけで、すぐに視線をそらし、翔太のほうににじり寄っていく。

だが翔太の鎌首に唇をつけようとした瞬間、ちらりと智司の鎌首を目にして、そのまま吸い寄せられるように智司の鎌首を咥えてきた。

4

「ああっ」

真優梨に鎌首をぱっくりと咥えられ、智司は甲高い声をあげていた。

すでに咥えられてはいたが、さっきは縮んだままのち×ぽだった。太く張った鎌首が真優梨の口の粘膜に包まれ、腰が痺れてくる。

真優梨はそのまま、反り返った胴体まで咥えこんだ。

「あ、ああ……あああっ、真優梨さんっ」

気持ちよかった。さっきは勃起させるためだけに縮んだペニスを吸われていたが、今は、たくましくなったペニスを真優梨みずから頬張ってきたのだ。

しかも、隣にイケメンのち×ぽがあるというのに、智司を選んだのだ。

それだけで、智司は感動で腰を震わせていた。

真優梨はさらに深く咥えこんでくる。智司のペニスが、すべて真優梨の口の中に入った。

真優梨はそのままで、優美な頰をぐっと窪め、吸ってくる。

「あ、ああっ、ああっ、気持ちいいよっ」

智司はひとり声をあげて、腰をくねらせている。恵里香と翔太に見られていたが、恥ずかしいと思う以上に、とにかく気持ちよかった。真優梨の口に包まれているち×ぽが先端からつけ根までとろけてしまいそうだ。

真優梨が唇を引きあげた。あらわれた胴体は、真優梨の唾液でねとねとだ。

そんな真優梨を見て昂るのか、翔太はさらに我慢汁を出している。

でも、真優梨は翔太のペニスには見向きもしない。

鎌首のくびれまで唇を引くと、また唇を滑りおろしてくる。

「うんっ、うんっ、うっんっ」

悩ましい吐息を洩らしつつ、制服姿のままの真優梨が美貌を上下させる。

不思議なもので、三人とも裸の中で、ひとりだけ制服姿でいると、それがとても、エロティックに見える。プールサイドで制服姿の不自然さが、たまらなくそそるのだ。

「あ、ああっ、ああ、そんなにされたら……ああ、出そうだよっ、真優梨さんっ」

真優梨は喉までペニスを呑みこみつつ、ちらりと智司を見あげる。

その目は、このまま出して、と告げている。

そして、うんっ、うんっ、とさらに激しく美貌を上下させてくる。

「ああぁっ、出ますっ、ああ、恵里香様っ、出ますっ……出していいですかっ、恵里香様っ」

智司は思わず、恵里香に射精の許可を求めていた。恵里香のゆるしなしに出すなんて、とんでもないことのように思えた。

「いいわ。出しなさい」

「ありがとうございますっ、恵里香様っ」

お礼を告げた瞬間、真優梨の口の中で、智司のペニスが膨張した。

「う、ううっ」

真優梨が苦しそうにうめいた。だが、出すと宣言されても唇を引くことはなく、むしろ、またつけ根まで咥えこんできた。

「おうっ」

と吠えて、智司は射精させた。どくどく、どくどくと勢いよくザーメンが噴き出した。それはティッシュの中でもなく、宙を飛ぶわけでもなく、真優梨の喉に向かっていた。

「おう、おう、おうっ」

智司は吠えつづけ、出しつづけた。さっき恵里香の乳房に大量のザーメンを出したはずだったが、信じられないくらい大量のザーメンが真優梨の喉に向かっていた。

「うぐ、うう……うう……」

真優梨は眉間に深い縦皺を刻ませながらも吐き出すことなく、すべて受け止めた。ようやく脈動が収まった。けれど、真優梨は唇を引くことなく、そのままでいた。

「ああ、真優梨さん、真優梨さんっ、ありがとうっ。俺なんかのち×ぽをしゃぶってくれて、ありがとう」

急に罪の意識が湧きあがり、智司のほうからペニスを引いていく。

たっぷりとザーメンを出したゆえか、はやくもかなり萎《な》えつつあるペニスが、ザーメンとともに真優梨の唇から出た。

真優梨は、あっ、と声をあげ、唇から垂れるザーメンを手のひらで掬《すく》う。

そして、それを唇へと運び、ぺろりと舐めた。

「真優梨さん……ああ、出して、はやく出して……ああ、ごめん、ティッシュがないよねっ。ああ、どうしたら」

「ティッシュなんかいらないわ。真優梨が飲んでくれるから」

恵里香が言い、そうでしょう、と真優梨に問う。

真優梨はうなずき、唇を閉じると、あごを反らした。

飲むのかっ。口にたまっている俺のザーメンを飲むのか、真優梨っ。

智司、翔太、そして恵里香がじっと真優梨の喉を見つめている。

なかなか喉が動かない。やはり、飲むのはいやなのだろう。それはわかる。

俺のザーメンを飲みたがる女なんて、この世にはいないだろう。

ごくん、と真優梨の喉が動いた。

「えっ、うそっ」

信じられない光景に、智司は思わずそう叫んだ。

さらに、ごくん、ごくんと白い喉が動いた。

「ぜんぶ飲んだかしら、真優梨」

真優梨がこくんとうなずく。

「見せなさい」

恵里香に言われ、真優梨が膝立ちのまま美貌をあげて、唇を開いていく。すると、
ピンクの口の粘膜があらわれた。白い粘液の跡はまったく残っていなかった。

「味はどうだったかしら」

「お、おいしかったです……ありがとう、智司くん」

真優梨が智司を見あげて、口内射精の礼まで口にした。

「ああ、真優梨さん……」

視界がぼやけていく。智司は泣いていることに気づいた。

「なに、泣いているの、智司。童貞って馬鹿ね」

うふふ、と恵里香は楽しそうに笑う。女王様に馬鹿にされてもなお、智司は涙を浮かべつづけていた。

「真優梨、あなたが翔太じゃなく、智司が好きなことはわかったわ」

笑いつつ、そう言う。

「約束どおり、処女膜競りは延期してあげる」

じゃあ、泳ぎましょう、と言うと、恵里香はプールに飛びこんでいった。翔太も我慢汁を鎌首に残したまま、恵里香のあとを追うように飛びこむ。

真優梨は翔太の姿を目で追っていた。

恵里香と翔太がプールの真ん中で抱き合う。豊満な乳房が分厚い胸板に押しつぶされる。そのままふたりはキスをはじめる。

すると、真優梨は視線をそらし、

「ありがとう、智司くん……」

と、礼を言った。

「えっ……礼を言うのは、僕のほうだよ……飲んでくれて……」

「ううん。いいの……お、おいしかったし……」

真優梨の横顔は強張っていた。

「ただ……恵里香様は……延期って言ったよね」

「そうだね」

「ああ……延期……きっとまた誰かに、私のスカートの中を嗅がせたり、あそこを舐めさせたりするのよ……」

「翔太じゃなくて、僕のち×ぽを選んだから、もうそんなことはないと思うよ」

「恵里香様、信じていないわ……」

「そうかもね……」

さっき翔太ではなく、智司のち×ぽを選んだのは、恵里香の機嫌を損ねたくないだけだ、と思った。それでも、智司は感激して涙まで浮かべていた。

「あ、あの……」

「なに……」

真優梨はまた、恵里香と翔太に目を向ける。ふたりはまだ、熱いキスを交わしていた。恵里香の白くしなやかな腕が、翔太の首にからみついている。それがなんともエロい。

「あの、その……」

「なに。はっきり言って、智司くん」

「ぼ、僕たちも……キ、キスしよう……」

清水の舞台から飛び降りる気持ちで、智司はそう言った。そう言えた自分に、智司は驚いていた。

「えっ、キス……」

真優梨がこちらを向いた。

キスするんだっ。ほらっ、恵里香に見せつけるようなキスをするんだっ。

「そうすれば……少しは、信……う、うう」

真優梨のほうから唇を重ねてきた。くなくなと押しつけると唇を開き、智司の口を舌で突いてくる。

智司が口を開くなり、真優梨がぬらりと舌を入れてきた。

信じられなかった。真優梨と今、キスをしている。ファーストキスだ。しかも、真優梨からキスをしかけてきた。

恵里香に見せつけるためだとわかっていても、智司は興奮した。

ねちゃねちゃと舌をからませ合う。真優梨の唾液は蒼い果実のような味がした。

智司はみたび、勃起させていた。恵里香の乳房にたっぷりと浴びせ、真優梨の喉に大量に注ぎこんだはずなのに、鋼のようになっていた。

それに真優梨が気づいたのか、舌をからめつつ、握ってきたのだ。

「ううっ……」

智司はうめていた。ベロチューに手コキだっ。いや、握っているだけで、しごいてはいないから、手コキではない。でも、下半身が痺れていた。真優梨に握られていると思っただけで、ペニスがひくついた。

真優梨が唇を引いた。プールに目を向ける。すると、立ったままの恵里香の乳房に、翔太が顔を埋めていた。

恵里香はうっとりとした表情で、こちらを見ていた。

「恵里香様、見ている……」

と言うなり、真優梨がまた智司にキスしてきた。すぐに舌を入れて、からませてくる。と同時に、ペニスをしごきはじめた。

「ううっ」

あまりの気持ちよさに、智司はうめいた。下半身を震わせる。もちろん、フェラもち×ぽがとろけるように気持ちよかったが、ベロチューしつつの手コキもたまらなかった。

しかも、舌をからませている相手はクラス一の美少女なのだ。本来なら、智司なんて、口もきいてもらえない相手なのだ。

「あっ、あんっ」

恵里香が喘ぎ声をあげはじめる。それが夜のプールに響きわたる。すると、真優梨の舌の動きが止まる。唇を引き、恵里香のほうを見る。いや、恵里香の乳房に顔を埋めている翔太のほうを見る。

5

「ああ、イキたくなったわ」

そう言うなり、恵里香は泳ぎはじめた。クロールであっという間に、こちらまで来ると、プールサイドにあがってきた。女らしい凹凸に恵まれた素晴らしい裸体から水が滴り、いっそうセクシーに見せていた。

翔太もプールサイドにあがってきた。ずっと勃起したままのペニスが揺れる。それを間近に見て、真優梨がため息を洩らした。

「イカせて、翔太」

恵里香が言うと、はい、と翔太は恵里香の足下にひざまずき、恥毛がべったりと貼りつく股間に顔を埋めていった。

すぐさま、クリトリスに吸いつく。

「ああっ、いいわ。上手よ、翔太」

恵里香はぶるぶると下半身を震わせ、火の息を吐く。

「はあっ、ああ、あああんっ」

翔太はひたすらクリトリスを舐めつづける。ぴっちりと閉じた花唇には触れもしない。

おま×こは舐めないのか。指は入れないのか。クリといっしょのほうが、より感じるだろう。どうして指を入れないんだ。

ちらりと真優梨を見ると、恵里香の股間に顔を埋めている翔太をうっとりとした目で見つめている。

真優梨、そんな目で翔太を見たら、また、恵里香が機嫌を悪くするぞ。

「あ、ああっ、ああっ」

恵里香はなかなかイキそうでイカない。どうして指を入れないのか。

そもそも、恵里香と翔太はプールサイドでエッチするのだと思っていた。真優梨と智司に見せつけながら、ヤルのだと思った。

だが、ヤラない。翔太のペニスに唇をつけることもなく、翔太は恵里香の穴に入れることもない。

もしかして……もしかして恵里香は処女で……翔太は童貞……いや、まさか。恵里香は処女かもしれない。乳首のピンクがピュアすぎる。でも、翔太が童貞とは考えられない。だって、女子なんてよりどりみどりじゃないか。

今だって、真優梨は翔太をずっと見つめている。

「あ、ああ……ああ……下手ね、翔太……」

「すみません、恵里香様」

また、様づけに戻っている。

「あ、あの、恵里香様……」

「なにかしら、翔太」

「あの、お、おま×こを……恵里香様のおま×こを舐めさせてください。そうすれば、イクと思います」

「私のおま×こを見たいのかしら」

「ああ、見たいです、恵里香様っ」

真優梨と智司が見ている前で、翔太がそう言う。えっ、と真優梨が声をあげる。翔太でさえ、おま×こを目にするのに、恵里香のゆるしがいるのだ。

「クリだけでイカせなさい。だめだったら、智司とつきあうわよ」

そう言って、恵里香が智司を見つめてくる。ぞくりとくるような眼差しに、智司はびんびんのままのペニスをひくつかせる。

「ああ、恵里香様、おま×こ見たいですっ」

「まだ翔太には、はやいわ」

やはり恵里香は処女で、翔太は恵里香とはヤッていない。童貞かどうかわからないが、こんなにイケメンで肉体は鍛え抜かれ、ペニスもたくましいのに、恵里香には入れていないのだ。

相手が悪いと言えばそれまでだが、これだけの男でも惚れた女が股を開かなければ、エッチはできないのだ。

翔太がふたたび、クリトリスを口にして吸いはじめる。

「はあっ、ああ……」

恵里香はうっとりとした表情を見せるものの、イキそうではない。

「下手ねっ」

恵里香が翔太を足蹴にした。あっ、と翔太が背後に倒れそうになり、翔太様っ、と真優梨が思わず両手で支える。ちょうど、背後から抱き止めるかたちとなった。

「智司、すごいわね。また大きくさせているのかしら」

恵里香の視線が、見事に反り返った智司のペニスに向けられる。

「は、はい……恵里香様」

「私を見て、大きくさせているの。それとも、真優梨とのキスがよかったのかしら」

智司はちらりと真優梨を見た。真優梨は翔太の身体を抱き止めて、うっとりとしている。

「恵里香様を見て、大きくさせました」

「そう。智司、私をイカせて」

と言った。

「えっ……今、なんておっしゃいましたか」

「イカせて」

イカせるというのは、翔太のようにクリトリスを舐めてということを意味していないか。いや、そうだろうか。いや、そうだ。それしかない。

思わぬ幸運に、智司は混乱していた。まさか、ここで恵里香の股間に顔を埋めることができるとは。

「真優梨、智司を借りてもいいわよね」

恵里香が真優梨に聞く。真優梨は翔太を抱き止めたまま、はい、とうなずく。

「さあ、おいで」

恵里香が手招きする。智司は恵里香に近寄り、足下に膝をつく。それは恵里香の前では当然のかたちのように思えた。

智司の目の前に、恵里香の恥部が迫る。

水を吸って薄い恥毛がべったりと貼りつき、おんなの縦溝があらわになっている。

それは一度も開かれたことがないように思えた。イケメン生徒会長でさえ開くことがゆるされない、秘密の扉なのだ。

智司は、失礼します、と言って、恵里香の股間に顔を寄せていく。すると、脳天と股間を同時に直撃するような匂いが薫ってきた。

これは恵里香の匂いか。ぴっちりと閉じているはずの割れ目から、じわっと洩れている匂いか。

「ああっ、恵里香様っ」

と叫び、智司は恵里香の恥部に顔面を埋めていった。あまりに混乱していて、額でクリトリスを押しつぶしてしまう。

「あんっ、なに、それ……」

混乱したままの智司は、そのまま額でぐりぐりとクリトリスを刺激しつづける。

「ああっ、ああっ、なにっ、あっ、ああっ」

智司は我に返り、顔を引く。そして、誰も開いたことのない扉の上にある、肉の芽に吸いついていく。

欲情をぶつけるように、いきなりじゅるっと強く吸う。

「ああっ、それっ」

敏感な反応に昂り、ちゅうちゅうとクリトリスを吸っていく。と同時に、右手を蟻の門渡りへと伸ばし、なぞりはじめる。

「あっ、なにっ、ああ、ああっ」

智司は一心不乱にクリトリスを吸い、蟻の門渡りをなぞりつづける。

そこには、テクもなにもなかった。ただただ童貞の劣情を恵里香にぶつけていた。

「あ、ああっ、もっと吸うのよっ、ああ、右手は奥にっ」

恵里香の命令が飛ぶ。

右手は奥……奥ってなんだ。

「もっと吸いなさいっ。聞こえているのっ、智司っ」

「うう、うう」

すみませんっ、と謝り、クリトリスを強く吸っていく。

「ああっ、そうよっ。上手よっ、ああ、智司、舐めダルマの才能があるわよっ」

恵里香が褒める。恵里香に褒められ、智司は熱くなる。舐めダルマの才能って、と思いつつも、思えば真優梨の花びらを舐めたときも真優梨は濡らしてくれた。

そうだっ。奥って、ここじゃないのかっ。

蟻の門渡りをくすぐっていた右手の指先を怖ずおずと、お尻のほうに動かしていく。恵里香の尻の穴をなぞるつもりだったが、間違っていたら大変な怒りを買うような気がした。真優梨の処女膜がすぐに競りにかけられてしまうだろう。

賭けだった。恵里香がお尻の穴で感じるとは思えなかったが、それ以外思いつかない。

「ああっ、なにしているのっ。イカさないと、すぐに真優梨の処女を競りにかけるわよっ」

智司は一か八か、右手の指先を恵里香の尻の狭間《はざま》へと伸ばしていく。すると、恵里香の下半身がぶるぶるっと震えた。

尻の穴に人さし指の先が触れた。

俺は今、恵里香様のケツの穴を触っているんだっ。

そう思うと、ペニスがぴくぴくと動き、どろりと大量の我慢汁が出た。

「はあっ、ああっ、あ、ああっ」

恵里香の喘ぎ声がにわかに切羽詰まったものに変わった。やはり、尻の穴なのだ。

クリトリスに尻の穴いじりで、恵里香はイクはずだ。

智司はただ吸うだけではなく、甘噛みすればいいのでは、と思った。

「あ、ああっ、ああっ」

股間にびんびん響く恵里香の喘ぎ声に背中を押されるように、智司はクリトリスに歯を当てると軽く噛んだ。と同時に、尻の穴に人さし指の先をしのばせる。

「あ、ああっ、だめだめっ、ああっ、だめだめっ」

恵里香がとても愛らしい声をあげる。このだめは、いいということだ。

もう少し歯を立てようと、甘噛みを強めにする。すると、

「ああっ、い、イク……イクイク、イクっ」

と絶叫して、恵里香が汗ばんだら裸体をがくがくと痙攣させた。

恵里香のいまわの声を聞きつつ、智司はクリトリスの根元に歯を当て、そして尻の穴をなぞりつづけた。

「イク」

と告げて、恵里香ががくっと膝を折った。

イッた直後の恍惚《こうこつ》とした美貌が目の前に迫る。火の息を吐く、半開きの唇がたまらなくそそった。

智司は思わず、キスしていった。考えるより先に、牡の本能で動いていた。考えていたら、とてもできない行為だった。

キスした瞬間、やってしまった。これで終わりだと思った。

だが次の瞬間、智司の身体はとろけていった。

恵里香が舌を入れてきたのだ。からんだ瞬間、舌先からとろけていった。それはすぐに手足の先までひろがった。

恵里香はうんうんうめきつつ、智司の舌に舌をからめつつ、両腕を首にまわしてきた。

たわわに実った乳房を智司の貧弱な胸板に押しつけ、智司の舌を貪《むさぼ》り食う。

智司の全身の肉という肉がとろけていく。もうこのまま死んでもいい、と思った。まだ童貞だったが、恵里香とのキスはエッチの経験百人分と同じくらいの感動があった。

恵里香は舌をからめつづける。長いキスが続いた。それだけではなく、恵里香が右手を股間にさげて、智司のペニスをつかんできた。

「う、ううっ」

だめですっ、と叫ぶ。恵里香は甘い唾液を注ぎつつ、ぐいぐいしごきはじめた。

「うう、ううっ」

出ますっ、もう出ますっ。

智司は腰をくなくなさせる。気持ちよくて、とてもじっとしていられない。

ああ、もうだめだっ、出るっ。

と思った瞬間、恵里香がさっと手を引き、唇を引きあげた。

「また、私に汚いザーメン、かけるつもりだったのかしら、智司」

いつもの冷たい目で智司を見つつ、恵里香がそう言った。

「すみませんっ」

謝りつつも、智司のペニスは、萎えることはなかった。大量の我慢汁を出しつつ、ひくひく動いていた。

「智司、おまえを私の舐めダルマにしてあげる」

「えっ……」

「いやなのかしら」

「まさかっ。光栄ですっ、恵里香様っ」

智司はそう叫ぶ。叫んだ声が震えていた。

「真優梨、おまえの口はしばらく翔太の性欲処理穴にしてあげるわ。いいでしょう」

翔太を背後から抱き止めたままの真優梨に向かって、恵里香がそう言う。

「えっ」

真優梨の美貌が引きつる。

「あら、いやなのかしら。翔太のザーメンを毎日飲みたくないのかしら」

「の、飲みたいですっ……恵里香様がおゆるしくださるのなら、いつでも真優梨は翔太様のザーメンを飲みますっ」

「いい子ね」

帰るわ、と言うと、恵里香は更衣室へと向かっていく。それを見て、翔太が立ちあがり、恵里香っ、とあとを追う。

智司は長い足を運ぶたびに、ぷりっぷりっとうねる恵里香の尻たぼに見惚れていた。ウエストのくびれから、ぷりっと張り出したヒップにかけての曲線は、芸術的だった。尻たぼは高く、狭間は深い。あの奥の尻の穴に指をしのばせたことが信じられない。

ちらりと横を見ると、真優梨も見惚れていた。真優梨は恵里香のヒップではなくて、翔太の尻を見つめていた。

「ありがとう、智司くん」

翔太の尻を見つめたまま、真優梨が礼を言った。

「智司くんのおかげで、競りには出されなくてよくなったわ……しばらくだけど」

「真優梨さんの処女は、僕が守るから」

ありがとう、と言うと、真優梨はちゅっと智司の頬にキスをして、立ちあがった。

第三章　保健室での動画撮影

1

明くる日の授業中。

智司は真優梨のうなじを見つめつつ、昨日の出来事を反芻《はんすう》していた。今日もポニーテールにしている。

昨夜、恵里香の裸体を見て、恵里香の乳房にザーメンをかけ、真優梨にしゃぶってもらい、真優梨の口に出し、飲んでもらい、真優梨とベロチューをして、そして恵里香のクリトリスを吸いつつ、尻の穴をいじってイカせ、恵里香とベロチューをした。

しかも、ベロチューに手コキでイキそうになった。

童貞だった俺が、たった数時間の間にS高校の一番と二番の美少女とベロチューをしたのだ。しかも、真優梨相手に初フェラ、初口内発射も経験してしまった。まさに夢のような出来事だった。だが思えば、まだ童貞だった。ふたりの美少女相手にすごい体験の連続だったが、童貞だった。

智司は恵里香の舐めダルマに指名されていた。翔太がイカせることができずに、智司がイカせたからだ。あの翔太に勝ったのだ。舐めダルマとはいえ、恵里香が翔太ではなく、智司を選んだのだ。

恵里香は処女だ。割れ目の中を翔太にさえ見せたことがない。翔太は彼氏なのだろうか。それとも見栄えがよいペットなのか。

翔太からはときどき、童貞の匂いを感じた。イケメンでモテモテだから、ヤリまくっていると勝手に思っていたが、童貞のまま恵里香とつきあいはじめたのであれば、ほかの女子とヤッていない可能性は高い。

もしかして、恵里香とヤレないから変になって、真優梨に近づいたのだろうか。キスはできて、裸も見れて、クリも舐められるのに、割れ目の中は見ることもできないのでは、翔太でなくても変になってしまうだろう。

イケメンでモテモテであっても、惚れた女子が恵里香なら、童貞のままなのだ。

「温水くん」

真優梨の声に、智司ははっとなった。真優梨がふり向いて、智司を見ていた。いつの間にか授業は終わり、昼休みとなっていた。まったく気づかなかった。

「三年A組の七瀬《ななせ》さんが……」

と言って、真優梨が教室の出入口を指さす。そこには、真優梨のスカートの中をのぞいたときには前列の席に座り、真優梨のパンティの中を舐めたときには、さし向かいの席に座っていた三年の女子が立っていた。

ボブカットの似合う、なかなかの美少女だ。恵里香や真優梨を見ているから、さほどの美少女には見えないが、あの女子だけを見れば、かなりの美形だ。

七瀬が智司を手招きする。智司は席を立ち、出入口に向かう。

「これ」

七瀬から一枚の手紙をわたされた。

「これは、なんですか」

「恵里香様からよ」

そう言うと、七瀬は去っていった。

智司はその場で手紙をひろげた。読んでいるうちに、みるみると顔が青ざめた。

青ざめたまま真優梨を見ると、智司の顔を目にした瞬間、すうっと血の気が引くのがわかった。

五時限目がはじまり、十分ほどすぎたところで、智司は、すみません、と手をあげた。お腹が痛くて、と言うと、保健室に行くよう国語の教師から言われた。

すでに、智司の前の席は空いていた。真優梨は昼休みの間に、保健室に行っていたのだ。そのあとを追うかたちとなるが、別に誰も怪しむことはなかった。

智司も真優梨もまじめで通っていたからだ。それにクラス一の美少女と目立たない智司がなにかあるなんて、誰も思いもしない。

これがイケメンモテ男だったら、女子たちが勘ぐるかもしれない。地味な男子でよかった、と思いつつ、すみません、と智司は教室を出た。

授業中に抜けるのは、はじめてだった。保健室は第一校舎の一階にある。ここは第二校舎の二階だ。

――ＪＫ盗撮動画にあげる新作を撮りたいの。協力してくれるかしら。五時限目の保健室で、智司は真優梨のあそこを舐めて、真優梨は智司にフェラするの。制服姿でのシックスナインもいいわね。ビデオカメラは保健の先生に向けて一台と奥のベッドに二台しかけてあるから。もちろん、断ったら真優梨も智司もこの学校にいられなくなるわね。よろしくね。

手紙は恵里香の自筆だった。とてもきれいな文字で、なぜかこれを読みながら、智司は勃起させていたのだ。

智司はたったひと晩で、恵里香の奴隷に堕ちてしまった気がした。恵里香の命令なら、なんでも聞きそうな自分がいた。

第二校舎から第一校舎への渡り廊下をわたる。授業中、こうして無人の渡り廊下を歩いているだけで、罪を犯している気になる。

——追伸。鳥居《とりい》奈津美《なつみ》先生は、なにも知らないから。ばれないようにね。

と書かれていた。

授業を抜け出しての、保健室でのフェラ、おま×こ舐め、そしてシックスナイン。

ＪＫ盗撮動画としては、かなりの興奮ものだと言える。でも、奈津美にばれたら、そこでおしまいである。

だが、断ることは考えられなかった。真優梨も、やります、と言ったのだ。

保健室のドアをノックする。手が震えていた。

「どうぞ」

奈津美の声がする。

彼女はひと月前に赴任してきたばかりの、若い養護教諭だ。ショートカットが似合う美形で、かなりの巨乳と男子たちから人気があった。

失礼します、とドアを開くと、奈津美が机の前に座っていた。白衣姿が清潔感にあふれている。

「どうしたのかしら」

「あの、お腹が痛くて……少し休めば大丈夫だと思うんですけど」

「そう」

座って、と目の前の丸椅子を勧められる。

奈津美が手を伸ばしてきた。額に手のひらを当てる。それだけで、ぞくぞくする。

「熱はないようね。どんな感じで痛むのかしら」

「あの……」

ちらりと胸もとがのぞき、智司はドキリとした。白衣の下にはブラウスを着ていたが、その胸もとのボタンがふたつ、はずれていたのだ。なにかの拍子にはずれたのだろうか。

バストが豊満ゆえに、ふたつ開いているだけでも、ちらりと白いふくらみがのぞけてしまっていた。

「この辺が、ずきずき痛むんです」

シャツ越しに、へそあたりをさすった。

「お腹、見てもいいかしら」

奈津美が言う。はい、と智司はブレザーを脱ぎ、制服のシャツのボタンをはずしていく。そして、Tシャツの裾をあげた。

ぷよっとした白い腹があらわれる。そこに、奈津美が手のひらを置いた。しばらく撫でる。ぞくりとして、智司は思わず上体をくねらせた。

お腹に触れられた瞬間、びんびんに勃起させてしまっていた。恵里香の裸体を目にして、緊張しすぎて、ずっと縮こまっていたときとはまったく変わってしまっていた。

今日はトランクスを穿いていて、もろに制服のズボンの股間がテントを張ってしまっていた。

気づかれただろうか、とあせっても、勃起は鎮まらない。奈津美がお腹をさすっているからだ。その手が、すうっとあがっていった。

えっ、と思ったときには胸板をなぞられていた。胸板をなぞるということは、手のひらで乳首をなぞることを意味していた。

ううっ、と思わずうめき声を洩らしてしまう。

「仮病じゃないよね、温水くん」

胸もとの名札を見て、奈津美がそう聞く。

「いいえ……ずきずきするんです」

「浣腸しましょうか」

「えっ」

思わず、甲高い声をあげてしまう。

「冗談よ。仮病じゃないと信じましょう」

なおも胸板をなぞりつつ、奈津美がそう言った。薬を出しますから、と言って机に向かう。智司は胸板まで出したまま座っていた。

奈津美が立ちあがり、窓ぎわの棚へと向かう。

スカートに包まれたヒップラインに目が向かう。奈津美はタイトぎみなスカートを穿いていた。一歩、足を進めるたびに、ぷりっぷりっとスカートの中で尻たぼが動くのがわかった。

奈津美が引き出しを開き、薬を取った。こちらを向く。

「Tシャツ、さげてもいいのよ」

すみません、となぜか謝り、智司はTシャツをさげ、シャツのボタンを閉じていく。

奈津美のブラウスのボタンはふたつはずれたままだ。ちらりと白いふくらみの上のほうがのぞいている。

それはほんのわずかだったが、学校の保健室という場所で見るため、とてつもなくエロく見えていた。

奈津美の視線が、智司の股間に釘づけとなった。まずい。勃起したのがばれた。

「やっぱり、仮病ね」

と言いつつ近寄ると、丸椅子に座ったままの智司の前にしゃがみ、

「これはなにかしら」

と、テントを張っている股間を指さした。智司の視界に、さらに乳房のふくらみがのぞけ、当然、勃起は鎮まらない。

「すみませんっ」

「お腹が痛くて、こんなことになるかしら」

「お腹が痛いのは本当なんですっ、先生っ」

ここで追い返されて、ＪＫ盗撮動画が撮れなくなると、大変なことになると思った。

恵里香の怒りを買い、真優梨の処女膜が競りにかけられてしまう。なにがなんでも、

ベッドに入り、真優梨とシックスナインをしないと。

「じゃあ、どうしてこうなっているのかしら。お腹痛くても、勃つものなのかしら」

「すみませんっ。でもお腹痛いの、本当なんですっ」

智司はすがるように、奈津美を見つめる。あぶら汗をかきはじめた。

それに気づいた奈津美が立ちあがり、智司の頬に手のひらを当ててきた。ぞくりとして我慢汁を出してしまう。

「すごい、あぶら汗だわ。ごめんなさい。先生の見たてが間違っていたわ」

奈津美はペットボトルと薬をわたしてきた。

「今、飲んで」

と言い、棚の横にある洗面台で、タオルを水に濡らす。

智司はペットボトルの水で薬を飲みつつも、またも奈津美のスカートの曲線に見入ってしまう。

前かがみになっているため、スカートに包まれたヒップが、ぷりっとこちらに突き出されるようなかっこうになっていた。

奈津美が濡れタオルを手に戻ってくる。そして、顔から喉のあぶら汗を拭ってくれる。ひんやりとして気持ちいい。

「ベッドでしばらく休みなさい。奥のベッドには、眠っている生徒がいるから、手前のベッドに入って」

「わかりました。ありがとうございます」

「ああ。顔色、悪いわね」

奈津美が心配そうに見つめる。

追い出さなければ大丈夫ですから、奈津美先生。

失礼します、と智司は手前のベッドのカーテンを開けた。簡易ベッドがあった。中に入り、カーテンを閉める。隣との敷居はカーテンだけだ。

智司はすぐに行動に移った。敷居のカーテンを開くと、奥のベッドに真優梨が横になっていた。

2

真優梨はこちらを見ていた。ブレザーを脱ぎ、白のブラウスに紺のスカート姿で横になっている。深紅のネクタイもはずしていた。

智司は天井に目を向けた。煙を探知する火災報知器があった。おそらくあの中に、カメラがしかけられているのだと思った。そして奥のベッドの横には、本棚があった。参考書の類《たぐい》が並べられている。この中にも、カメラがしこんであるのだと思った。

智司はベッドに近寄ると、真優梨のスカートの裾に手をかけた。

真優梨がぴくっと身体を硬直させる。

智司はスカートの裾をたくしあげていく。すると、白い太腿があらわになった。

保健室で目にする真優梨の太腿は、また格別だった。カーテンの向こうには、保健の先生がいると思うと、よけい興奮した。

そっと、太腿に手のひらを置いた。真優梨の太腿はしっとりとしていた。そのまま撫でつつ、つけ根へと手のひらを動かしていく。

真優梨はじっとしている。撮られているのだ。撮られるために、真優梨も智司も授業を抜け出して、ここにいるのだ。

パンティの貼りつく股間があらわれた。今日も純白のパンティだった。やはり、なにより真優梨には白が似合う。

ごくりと生唾を呑みこみ、パンティをまくっていく。

智司の前に、淡い陰りがあらわれる。さらにパンティを引くと、縦の秘溝があらわになった。

「い、いや……」

真優梨が蚊の泣くような声をあげて、股間を隠そうとする。智司は真優梨の手首をつかむと、わきへと押しやった。

あらためて、処女の割れ目があらわれる。

そこに智司は指を置き、くつろげていく。

「ああ、いや……」

真優梨の花びらがあらわれる。以前、喫茶店で見たときよりも、より鮮やかなピンク色をしているように感じた。

智司はいきなり花びらにしゃぶりつかず、しばらく割れ目を開いたままでいた。JK盗撮動画のプレミア会員にじっくりと見せるためだ。

こうしたほうが、みなが喜ぶと思った。つらいのは真優梨だけだ。

「はあ、ああ、見ないで……恥ずかしいの」

ピンクの粘膜の真ん中に、入口らしきものがある。小指の先ほどのまるいものだ。

そこも粘膜に包まれていた。

処女のままだ、と確認できた。

ピンクの花びらがじわっと湿りはじめていた。ピュアなピンクが濃く色づきはじめている。

そこから、甘い薫りが立ちのぼる。真優梨の蜜の匂いだ。

智司は蜜に誘われるように顔を埋めていく。すると、顔面が真優梨の匂いに包まれる。

智司は、うう、とうなりつつ、ぐりぐりと顔面を剝き出しの花びらにこすりつける。

「あ、ああ……だめ……こんなこと、だめ……」

真優梨が蚊の泣くような声でそう言う。

智司は顔面をあげて、しいっ、と人さし指を唇に当てる。薄いカーテンの向こうには、奈津美がいるのだ。気づかれたら、おしまいだ。

智司はふたたび花びらに顔を寄せると、今度は舌を出し、ぺろりと舐めた。

「う、うう……」

真優梨がぴくっと腰を動かし、甘くかすれた声を洩らす。この前より、敏感になっている気がする。

バスでスカートの中を嗅ぎ、喫茶店で花びらを舐め、そして室内プールでの恥戯を通して、真優梨との間がより近くなっている気がした。

もちろん智司は真優梨が好きだが、真優梨も智司のペニスをしゃぶり、ザーメンを飲んだことで、好意のようなものをわずかでも持ちはじめているのかもしれない。

少なくとも、処女膜の競りから一時的に救ったことで、感謝はされている。その感謝の感情が、敏感な反応につながっているのかもしれない。

智司は敏感な反応に煽られ、ぺろぺろ、ぺろぺろとしつこく無垢な花びらを舐めていく。

ＪＫ盗撮動画にアップされるときは、もちろん智司の顔にはモザイクが入っているはずだ。入ってなかったら最悪だが、モザイクを入れるもはずすも、恵里香の機嫌ひとつのような気がして恐ろしくなる。

だが、かといって、もう真優梨の花びらを舐めることはやめられなくなっている。

「あっ、あんっ」

甘い喘ぎが大きくなる。まずい。奈津美に聞かれてしまう。

「ああ、智司くん……智司くんので……真優梨のお口をふさいで……おねがい」

なるほどそうか。俺のち×ぽで、真優梨の口をふさげば喘ぎ声は出なくなる。そもそも、シックスナインは指示されていた。

智司は花びらを舐めつつ、ベッドにあがった。片時でも、真優梨の恥部から顔を離したくなかったのだ。

ベッドにあがると、下半身を真優梨のほうに向けて、真優梨の美貌を跨いでいく。すると、真優梨が学生ズボンのジッパーをさげはじめた。トランクスの前からペニスを引き出すなり、ぱくっと咥えてきた。

「ううっ」

今度は智司がうめき声を洩らした。まずい、と真優梨の花びらに口を埋める。すると、ううっ、と真優梨がうめく。

うめきつつ、根元近くまで咥えこんでくる。そして、そのまま吸ってくる。たまらない。あまりに気持ちよくて、智司は真優梨の美貌の上で下半身をくなくなさせてしまう。真優梨のフェラ顔にもモザイクは入るのだろうか。きっと入るはずだ。だが智司同様、入れるもはずすも恵里香しだいだ。

この盗撮動画を撮られていることで、もう智司も真優梨も恵里香の奴隷から逃れることはできないことが確定する。

ずっと恵里香の奴隷だと思うと、なぜなのか、脳髄までとろけてくる。自分のすべてを恵里香様に委ねる快感を覚えた。

危うく出しそうになり、智司は真優梨の唇からペニスを引きあげる。

きちんと真優梨のフェラ顔を撮らないと、恵里香が怒ると思ったからだ。

智司はベッドを降りると、交代しようと、ジェスチャーで示した。

真優梨は奈津美が向こうにいるカーテンを見つめる。ふと、真優梨が奈津美に助けを求めるんじゃないか、と思った。

助けを求めたら、どうなるのだろう。その瞬間、恵里香の奴隷ではなくなるが、と同時に、こうして真優梨と接触することもなくなってしまう。

そう思うと今、この状況は智司にとっては幸せなことだと気づく。

真優梨はパンティを引きあげ、スカートをさげると無言のまま、ベッドから降りた。代わって、智司がベッドに仰向けに寝る。こちらはペニスを剝き出しにさせたままだ。

真優梨が本棚に目を向ける。そこから撮られていると感じたのだろう。そのまま本棚を見つめつつ、反り返ったままのペニスをつかむ。そして、ゆっくりとしごいた。

「う、うう……」

それだけでも、智司はうめき声を洩らす。やはり、授業中の保健室。しかも、保健の教師がすぐそばにいることが、かなりの刺激となって、智司のペニスも敏感になっていた。

真優梨が唇を鎌首に寄せてきた。今度は智司を見つめ、ピンクの舌をのぞかせる。いつもは清廉な雰囲気の真優梨が、ふと淫婦になったように見える。

真優梨は智司を見つめたまま、鎌首を舐めはじめる。

「あ、ああ……」

思わず声が出てしまう。すると、

「温水くん!?」

カーテンの向こうから、奈津美の声がした。

まずいっ、と思ったが、どろりと大量の先走りの汁が出た。それを真優梨はぺろぺろと舐めてくる。大胆な行動だ。

もしかして、奈津美にばれることを望んでいるのか。どんな結果になるかわからないが、なにもかも、ここでおしまいにしたいのか。

「どうかしたのかしら」

返事はできない。返事をしたら、奥のベッドにいることがわかってしまう。

真優梨が鎌首の裏筋を舐めあげてきた。

「あう……」

ぞくぞくとした快感に、また声を洩らしてしまう。

「温水くんっ、奥にいるの？」

まずいっ。これでおしまいだ。

そう思ったとたん、暴発しそうになった。ぎりぎり耐えて、どろりと我慢汁を洩らす。

奈津美が近寄ってくる。真優梨はそのまま、鎌首を咥えてきた。

3

ドアがノックされた。

はいっ、と返事をして、奈津美が自分のデスクに戻る。

助かったと、ほっとする。真優梨は胴体から根元へと唇を滑らせていく。そしてすべてを咥えると頬をへこませ、吸いあげてくる。

「う、うう……」

すでに昨夜よりも格段にフェラが上手くなっている。

清楚で可憐な、なにも知らなさそうな美少女なのに、舌技が上達していた。

「先生、これを。さっと読んで、サインもらえますか」

用務員の声だった。なにかの書類をわたしているようだ。

その間も、真優梨はじゅるじゅると唾液を塗して吸いつづける。たまらず、智司は腰をくねらせる。この姿もＪＫ盗撮動画で流れると思うと情けないが、気持ちよくて、じっとしていられないのだ。

「ああ、フェラ、上手いね」

真優梨は美貌を上下させつつ、智司を見やる。その目が、とても大人びていてセクシーで、またも暴発しそうになる。

真優梨がちょっと美貌を歪めた。我慢汁が出たのだろう。苦いのだ。まずいのだ。

「ありがとうございました」

用務員の声がする。ドアが閉じる音がした。

また、静かになる。真優梨は美貌を上下させつづけている。このまま出させるつもりなのだろう。はやく終わりにしたいのだ。智司が出せば、いちおうフィニッシュ感は出る。

「温水くん？」

また、カーテンの向こうから、奈津美が声をかけてきた。

「寝ているのかしら」

すると、真優梨が美貌を引き、唾液でぬらぬらの裏筋をぺろりと舐めあげてきた。

思わず、あんっ、と間抜けな声をあげてしまう。その声は、真優梨が寝ている奥のベッドから聞こえているはずだ。

「温水くんっ、香坂さんっ、なにをしているのっ」

まずいっ、と思うが、動くに動けない。また、真優梨がぱくっと咥えてきたからだ。鎌首を強く吸ってくる。

いったい、どういうつもりなんだっ。やっぱり、奈津美に知られたいのか。恵里香の奴隷から逃れたいのか。

智司はどうだ。逃れたいか。

「開けます」

と言うなり、奈津美が奥のカーテンを開いた。

その瞬間、真優梨が美貌を引いた。と同時に、智司は奈津美の驚く顔を見ながら、暴発させていた。

「あっ……」

やばいっ、と思ったときには、ザーメンが噴き出し、真優梨の清楚な美貌を直撃していた。

「あ、う、うう……」

真優梨は目蓋を閉じ、一瞬、美貌をしかめたものの、ザーメンからは逃げなかった。

奈津美が見ている前で、智司の射精を顔で受けつづけた。

「あ、あなたたち……な、なにを、しているの」

見ればわかるだろうが、あまりに非現実的すぎて、理解できないのだろう。S高校は名門の進学校だ。まじめな生徒ばかりで、授業を抜け出し、保健室でフェラして射精する生徒なんて、S高校の歴史にはひとりもいないだろう。

射精は自分で止めることができない。そして、もう智司自身も止める気はなかった。ペニスは脈動を続け、真優梨の美貌に白いザーメンがかかりつづける。

昨晩、恵里香の乳房に一発、真優梨の口に一発出していたが、そんなものは関係なく、大量のザーメンが噴き出していた。

あまりに驚いたのか、奈津美は脈動が収まるまでなにもしなかった。ただただ、男子生徒のザーメンを顔で浴びる女子生徒を見ていた。

ようやく、射精が収まった。

額から目蓋、小鼻や唇、あごから、どろりどろりとザーメンが垂れはじめる。

「動いちゃ、だめっ」

と言うなり、奈津美が洗面台に向かい、ハンドタオルを濡らすと戻ってきた。

そして、じっとしていて、と言うと、真優梨の美貌にかかったザーメンを拭いはじめた。真優梨はされるがままに任せている。

ベッドの中が、ザーメン特有の匂いに染まっていたが、それもすぐに、奈津美の大人の匂いに代わっていく。

奈津美はとてもていねいに、真優梨の美貌にかかったザーメンを拭っている。

「あなたたち、つきあっているの？」

奈津美が聞いてきた。

えっ、つきあっている……俺と真優梨が、クラスで目立たない俺とクラス一美形の真優梨が……どうして、そう思うんだ？

「授業を抜け出して、フェラなんて……」

そうか。むしろ、智司と真優梨がつきあっていて、保健室でじゃれ合っていると考えるのが普通なのだ。恵里香様に命令されて、ＪＫ盗撮動画を撮っているなんて想像すらしないだろう。

モテたことのない智司は、自分が女子とつきあっていると思われるなんて考えてもいなかったが、そう思うのが普通だと気づいた。

「どうなの、香坂さん」

真優梨が智司を見た。そして、きれいに拭い取られた美貌を、すうっと智司に寄せてきた。

あっ、と思ったときには、ちゅっとキスされていた。

「まあ……」

奈津美が驚くなか、真優梨は舌を入れてきた。

智司の頭にカアッと血が昇る。真優梨はねっとりと舌をからめてくる。

奈津美が見ている前でのキス。つきあっているの、と聞かれたあとのキスに、智司は異常な興奮を覚える。

「もう、いいわ。わかったから、やめなさい」

奈津美が言うも、真優梨はキスをやめない。それどころか、勃起を取りもどしつつあるペニスをつかんで、しごきはじめた。

「香坂さんっ、やめなさいっ。すぐに出ていってっ」

奈津美が声を荒らげる。

やっと真優梨が唇を引いた。そして、ごめんさない先生、と言うと、保健室を出ていく。

「あっ、待っててっ、香坂さんっ」

智司はあわててベッドから起きあがる。

「しまって」

奈津美に言われて、制服のズボンの前からペニスを出したままでいることに気づき、あわてて押しこみ、すみませんっ、と謝って、逃げるように保健室を出た。

廊下を見わたすも、真優梨の姿はなかった。

4

その夜、勉強しようと机に向かっていたが、真優梨のフェラやキス、それに恵里香の裸体が脳裏に浮かんで、まったく勉強にならなかった。

ペニスはずっと勃起したままで、勉強に集中するために抜こうか、とベッドに寝っ転がり、ジーンズをトランクスといっしょにさげて、ペニスをつかむと、携帯電話のメールの着信音が鳴った。

それは恵里香だけの着信音で、はじめて聞き、ドキリとした。

——舐めダルマさん、すぐに来て。イキたいの。

とあった。その文字を見ただけで、どろりと我慢汁が出てきた。すごい条件反射だと思った。時計を見ると、午後九時をまわっている。

親には、ちょっとコンビニに行ってくる、と言って、智司は自転車で家を出た。

メールには恵里香の自宅の住所が書かれていた。自転車で十分くらいだ。意外と近くに住んでいたことを知る。

そもそも、星川恵里香なんて学年も違うし、雲の上の存在だから、どこに住んでいるかなんて気にしたこともなかった。ＪＫ盗撮動画のプレミア会員になり、真優梨のスカートの中を嗅いだときから、恵里香とも接点ができてしまっていた。

大きな屋敷が見えてきた。あれだ、と思ったら、真優梨の姿が見えた。自転車に乗っている。どうやら、真優梨も呼ばれたようだ。

真優梨はセーターにスカート姿だった。スカート丈は短く、外灯の明かりに、生足が白く浮かびあがっている。

それを見ただけでも、ドキリとする。

「真優梨さんっ」

と、声をかける。すると、真優梨がふり向き、智司くん、と名前を呼んでくれた。

セーターはニットで、豊満なバストラインが露骨に浮きあがっていた。

あのセーター、誰のために着てきたのだろうか。真優梨も呼ばれているということは、長谷川翔太も来ているのだろう。もしかしたら、翔太の排泄係として、真優梨は呼ばれたのかもしれない。

——真優梨、おまえの口はしばらく翔太の性欲処理穴にしてあげるわ。

と昨夜、恵里香が言っていた。

恵里香と翔太はつきあっているのだろうが、エッチはしてない。それどころか、翔太は恵里香のおま×こを見たこともない。当然、入れたこともない。

フェラはしても、口に出すことはゆるさないだろう。だから、口に出す穴として、真優梨が呼ばれた。呼ばれた真優梨は、翔太に見せるために、セクシーなニットセーターを着てきている。

「こっちよ」

真優梨が手招きする。屋敷は高い塀に囲まれていた。真優梨といっしょに裏手にまわると、裏口があった。

そこの扉を開く。鍵は開いていた。広い庭がひろがっていた。池まである。やはり、恵里香はお嬢様なのだ。

一階の窓はどれも暗かった。恵里香以外、誰もいないのだろうか。いないから、呼んだのかもしれない。

屋敷の裏手にまわり、勝手口に手をかける。こちらも鍵が開いていた。中に入ると、キッチンだった。キッチンだけでも十畳くらいはあるだろうか。

屋敷の中は暖房が効いていた。無人のキッチンも暖かい。

「恵里香様は二階なの」

と言って、真優梨が先を歩く。すでに来たことがあるようだ。廊下を進む。

「誰もいないのかな」

「恵里香様だけみたい」

家の中が広すぎて、逆に家族と会う心配が少ないと思ったが、やはり人がいる気配はなかった。階段があった。そこをあがっていく。

恵里香の家の中にいると思うと、それだけで心臓がばくばく鳴っている。

目の前には、ミニスカートからあらわな真優梨の太腿とふくらはぎがある。それを間近で見るだけで、股間がむずむずしてくる。

二階にあがった。目の前のドアを真優梨がノックする。どうぞ、と恵里香の声がした。失礼します、と真優梨がドアを開く。

5

いきなり、翔太の裸体が目に飛びこんできた。

部屋は十二畳ほどあるだろうか。その中央に裸の翔太が吊りあげられていた。そう。両腕を万歳するようにあげて、天井からさがった縄でつながれていたのだ。

恵里香はそのそばのソファに腰かけていた。恵里香はニットのワンピースを着ていた。身体のラインがもろに浮き出ている。もちろん、バストの隆起もわかる。しかもノーブラなのか、乳首のぽつぽつが浮き出ていた。

裾は短く、太腿のつけ根まであらわになっていた。

蒼い色香が匂ってきているが、恵里香は処女なのだ。

「きれいな身体でしょう。私、翔太の身体を見るのが好きなの」

イケメンの裸体から目を離さず、恵里香がそう言う。

翔太のペニスは見事な反り返りを見せていた。たぶん、小さくなることはゆるされないのだと思う。まあ、エロいニットワンピース姿の恵里香を前にして、大きくさせないのは、男としてだめな烙印《らくいん》を押されてしまうだろう。

「どうかしら、翔太の身体」

恵里香が真優梨に聞く。

「す、素敵……です」

恵里香に遠慮しつつも、真優梨がそう言う。この部屋に入った瞬間から、真優梨の視線は翔太の身体だけに向いていた。

恵里香が立ちあがった。翔太に近寄り、分厚い胸板を白い手でなぞる。

それだけで翔太が、ううっ、とうなった。ペニスがひくつきはじめる。

「私のために、鍛えているのよ。この胸板も、腹筋も」

と言いつつ、恵里香が翔太のお腹を撫でていく。翔太のお腹は見事に割れていた。

「翔太の身体を見るのが好きなの。でも、翔太は見られるだけでは満足できないみたいなの。私としたいというの。どう思う?」

腹筋をなぞりつつ、恵里香が智司に聞いてきた。

「えっ……そ、それは……もちろん……」

「もちろん、なにかしら」

と言って、反り返ったペニスの裏筋を、恵里香がすうっと撫でる。

「ああ……」

翔太が吊られている身体をくねらせる。恵里香は裏筋を撫でつつ、もう片方の手を胸板にやり、乳首を摘まんだ。

「あっ、ああ……」

鈴口から我慢汁がどろりと出てくる。

「もちろん、なにかしら、智司」

「し、したいです」

「あら、智司、私としたいって言うの。生意気ね」

「すみませんっ」

思わず叫ぶ。そして大声を出したことをまた、すみません、と謝る。

「いいのよ。パパ、いないから。女のところよ」

ふと寂しそうな横顔を見せた。そんな表情に、智司はドキンとした。恵里香もあんな顔を見せることがあるのだ。

「保健室の動画、よかったわ」

翔太の乳首をひねりつつ、鎌首を手のひらで包み、恵里香がそう言う。

「あ、ありがとう、ございます」

智司と真優梨は声をそろえて礼を言う。

「編集して、明日から流すわ」

「編集は誰がやっているんですか」

「私よ」

恵里香が言う。大きなデスクがあり、大きなディスプレイがふたつ並んでいる。

「あ、あああっ、恵里香様……ああ、そんなにされると……」

「まさか、出すの？」

「いいえっ、出しませんっ。でも、あ、ああっ」

「真優梨がいると、感度があがるわね、翔太」

「そんなことは、あ、ああ、ありませんっ、恵里香様っ」

翔太は懸命に射精を我慢している。

恵里香はペニスから手を離すと、デスクに向かう。そして、パソコンを起動させた。

ディスプレイに、保健室の様子が浮かびあがる。

「あっ……」

シックスナインで、お互いの恥部を舐め合っているところが流れる。

恵里香がマウスを操作する。すると、智司が真優梨の顔にザーメンをかけている場面に切り替わる。

「奈津美先生、たぶん、あなたたちのこと、疑っているわ。真優梨からキスしてうまくごまかしたけど、あなたたちがつきあっているなんて、ぜんぜん見えないもの」

うふふ、と恵里香が笑う。

「翔太のほうがお似合いよね、真優梨」

「い、いいえっ、私なんかっ……恵里香様と翔太様は理想のカップルですっ」

真優梨も叫ぶようにそう言う。だが、真優梨の視線は、ペニスをひくつかせている翔太の身体から離れない。

「真優梨、翔太の身体、触っていいわよ」

恵里香が言う。真優梨は激しくかぶりをふる。

「乳首、摘まんであげなさい、真優梨」

「で、でも……」

「私の言うことが聞けないのかしら」

いいえっ、と叫び、真優梨は翔太に近寄ると、失礼します、と言って、分厚い胸板に手を伸ばす。そろりと撫でる。すると、ううっ、と翔太がうめき、腰をくねらせる。

「あら、真優梨に触られたほうが感じるようね、翔太」

「そんなことは、ありませんっ、恵里香様っ」

翔太が叫ぶ。

「真優梨、口だけじゃなくて、おま×こでも、翔太の性欲処理をしてくれるかしら」

「えっ……」

胸板を撫でていた真優梨の身体が硬直する。

「翔太、童貞が耐えられないらしいの」

翔太も童貞なんだっ。

これだけのイケメンで生徒会長の翔太が、智司と同じ童貞であることに驚くと同時に、やっぱりな、とも思った。

「翔太様が……ど、童貞……」

「真優梨、あなたが翔太の初体験の相手になるの。うれしいでしょう？」

歌うように、恵里香がそう言う。

「私が……はじめての相手」

真優梨が翔太の身体をすうっと撫でおろしていく。

「恵里香に入れたいっ。恵里香、入れさせてくれっ。俺は恵里香で男になりたいんだっ」

翔太が叫ぶ。

「いやよ。汚されたくないわ」

恵里香が冷たくそう言う。やはり、つきあっているとはいっても、翔太はお飾りなのだ。生徒会長で見栄えがいい男をわきに侍《はべ》らせているだけのお嬢様なのだ。

「汚されたくないって、そんな……汚したりしないよっ」

「いや。ＪＫの間は処女でいるわ」

恵里香が言う。

「えっ……」

翔太が絶望的な表情を浮かべる。でも、恵里香は三年生だ。来春になれば、ＪＫではなくなる。それくらい待ってもいいんじゃないか、と智司は思う。智司なら、いくらでも待てる。

だが、イケメンはもう童貞に我慢できないようだ。

「ああ、入れたいっ、ああ、おま×こに入れたいっ」

翔太が叫ぶ。

「私、お、おま×こでも……翔太様の……性欲処理穴に……なります」

真優梨がそう言った。大量の我慢汁を出しているペニスをつかみ、はあっ、と火のため息を洩らす。

「翔太、真優梨がおま×こに入れていいそうよ。真優梨の穴で我慢しなさい」

恵里香が言い、翔太に近寄っていく。

「ああ、恵里香に入れたいっ、ああ、恵里香っ、どうして、俺じゃだめなんだっ」

「私とつきあいつづけたいのなら、私の処女膜を破ることは、あきらめてもらわないと」

と言って、真優梨が握っているペニスの先端を、白い指先でそろりと撫でる。

すると、

「ああっ、出そうだっ」

と、翔太が叫び、

「真優梨っ、口をっ」

と、恵里香が命じて、ニットワンピースに包まれた身体を引く。

真優梨がぱくっと咥えた瞬間、おうっ、と翔太が暴発させた。

「う、うう……うぐぐ……」

吊られた身体を震わせ、どくどくと翔太が大量のザーメンを真優梨の口の中にぶちまけていく。

「真優梨がいなかったら、部屋が汚れるところだったわ」

恵里香が言い、ソファに座る。また、ワンピースの裾がたくしあがり、白い太腿がつけ根近くまであらわれた。

昨晩、すでに全裸を見ていたが、ワンピースの裾からのぞく太腿に、智司はドキリとする。

「じゃあ、まずは真優梨の処女膜を競りにかけようかしら」

「えっ、どういうことですか、恵里香様」

智司が聞く。真優梨の処女は翔太がものにするのではないのか。真優梨も翔太の脈動を喉で受けつつ、恵里香に目を向ける。

「誰も、翔太に真優梨の処女膜を破らせるなんて言っていないわ。処女じゃなくなった穴になら、いくら出してもいいと言っているの。ＪＫが処女じゃなくなったら、その価値はゼロに等しいから。ゼロのおま×こになら、どれだけ出してもいいわ。そうでしょう」

なんてことだ。翔太の性欲処理穴にするために、ほかの男で処女膜を破らせるというのだ。

「あなたの処女膜、競りにかけていいわよね、真優梨」

恵里香が聞く。

真優梨は、じゅるっと翔太のペニスを吸いあげ、そして、ごくんとザーメンを嚥下《えんか》した。

「おいしかったです、翔太様」

甘くかすれた声でそう言うと、

「翔太様の性欲処理穴になれるのなら……それでいいです、恵里香様」

と、自分の処女膜が競りにかけられることを、真優梨が承諾したのだ。

「真優梨さんっ、うそだろうっ」

さすがに、智司は目をまるくさせた。信じられない、と真優梨を見やる。真優梨は翔太のザーメンを飲むことができて、幸せそうな表情を浮かべている。

「ごめんなさい、智司くん……せっかく、私の処女膜を守るために、がんばってくれたのに……でも、翔太様の苦しそうな顔を見ていると、私が性欲処理穴になるしかないの。そうでしょう」

そうなのか。いや、そんなことはないはずだ。

「翔太、真優梨の穴で童貞卒業していいわよね」

「恵里香、ああ、恵里香で男になりたいんだっ」

「まだ、そんなこと言っているの。わからず屋ね。真優梨のおま×こに入れたくないのかしら」

「俺は恵里香に入れたいんだっ」

「じゃあ、別れましょうか」

恵里香があっさりとそう言う。

「いやだっ。別れたくないっ」

「じゃあ、おま×こは真優梨で我慢して」

真優梨で我慢……クラス一の、いやS高校で、恵里香と一、二を争う美少女のおま×こで、我慢だとっ。

「俺のこと、好きなんじゃないのかっ、恵里香っ」

翔太が半泣きの状態で叫ぶ。こうなると、イケメンも情けない、と智司は思った。だが、真優梨には違って見えるようだ。

どんどん萎えていくペニスにしゃぶりつき、お掃除フェラをはじめる。すでに、このペニスは私のものと言っているような雰囲気だ。

自分の処女膜と引き換えに、翔太の処理穴になるということか。そんなに翔太が好きなのか。イケメンが好きなのか。

でも、思えば智司だって、こんな目に遭っても、恵里香も真優梨も好きだ。恵里香には舐めダルマに指名され、真優梨は尽くしてもこちらを向いてくれない。それでも、やっぱり恵里香と真優梨のことは好きなのだ。それといっしょかもしれない。

「好きよ、でも、処女膜は守りたいの。私が好きなら、わかってくれるよね、翔太」

ふたたび立ちあがり、恵里香は翔太に近寄る。そして、ちゅっと胸板にくちづける。

そして、乳首をぺろりと舐めあげる。

「ううっ……」

とうめき、翔太が吊られた身体をくねらせる。

恵里香は翔太を見あげつつ、ぺろりぺろりと乳首を舐めつづける。乳首舐めだけで翔太はうめいている。

股間で、真優梨が、うぐぐ、とうめいた。大きくなっているのだ。乳首舐めだけで、出したばかりのペニスがたくましくなっているのだ。

「わかってくれるよね、翔太」

ふたたび問いかけ、とがらせた乳首に歯を当てて噛んだ。

「う、うう……恵里香……ううっ、わかった……真優梨の穴で……我慢するよ」

翔太が言った。

私で我慢っ、馬鹿にしないでっ、と真優梨が怒り出すと思ったが、まったく違っていた。

真優梨は唇を引くと、

「ごめんなさい……恵里香様のお、おま×こじゃなくて……真優梨のおま×こに……たくさん出してください」

甘くかすれた声でそう言った。

「真優梨さん……」

「じゃあ、決まりね。さっそく、募集しようかしら」

恵里香はパソコンに向かい、キーをたたいた。

翔太のペニスははやくも勃起を取りもどしている。

「真優梨、もっとしゃぶってくれ」

翔太が言う。はい、と真優梨はうれしそうに、翔太のペニスにしゃぶりつく。

翔太の視線は、恵里香のうしろ姿に向いていた。パソコンのキーをたたく恵里香を見ながら、真優梨にフェラ奉仕をさせている。

そんな真優梨を見ながら、智司は大量の我慢汁を出して、トランクスを汚していた。

第四章　処女膜のオークション

1

「今、真優梨の処女膜の競りについてネットに出したわ。反応が楽しみね」

と言って、恵里香がソファに腰かける。また裾がたくしあがり、太腿がつけ根近くまであらわれる。

智司はつい見てしまう。

「舐めて、智司。真優梨の処女を競りにかけると思うと、なんか、すごく興奮してきたの」

「は、はい……」

智司は真優梨の足下に膝をついた。

そして、ふくらはぎを触っていく。すると、なにしているのっ、といきなり蹴りあげられた。

「うぐっ」

ひっくり返る。

「誰が愛撫してと言ったのかしら。クリを舐めて、と言ったのよ。誰も、舐めダルマの愛撫なんて求めていないわ。そうでしょう」

「す、すみませんっ」

智司は謝り、起きあがると、失礼します、とワンピースの裾をつかみ、たくしあげていく。

すると、白のパンティがあらわれた。色は白だったが、フロントがシースルーになっていた。

恥毛がべったりとフロントに貼りついている様が、なんとも卑猥だ。

智司はパンティに手をかけ、さげていく。

すると、恵里香の陰りがあらわれる。それは薄く、とても品よく恥丘を飾っている。

処女の秘裂は剝き出しで、当然のことながら、ぴっちりと閉じていた。

「恵里香様、舐めさせていただきます」

そう言うなり、智司は恵里香の恥部に顔を押しつけていく。

舐めダルマのためだけに呼ばれようと、ふくらはぎを触っただけで、足蹴にされようと、構わなかった。恵里香の恥部に顔面を押しつけることができるのだ。

S高校の生徒でそんなことがゆるされるのは、彼氏の翔太以外では、智司だけなのだ。みじめだろうが、なにもないよりはるかにいい。

顔面が恵里香の匂いに包まれる。智司はさらに我慢汁を出していた。はやくも射精しそうだ。

昨晩は、プールから出た股間の匂いを嗅いでいた。いわば、プールの温水で洗われた状態だった。だが、今夜は違う。

まだ、恵里香は風呂にも入っていない。一日分の匂いが恥毛に残っている。

それを智司はくんくん嗅ぐ。すでに頭らがくらくらしている。甘いという表現ではあらわせない。脳天を直撃し、股間を直撃し、智司の全身の細胞をとろけさせるような匂いだった。

「なにしているの。クリを舐めなさい、智司」

「すみません、今すぐ」

もっと匂いだけを嗅いでいたかったが、智司は舌を出すと、ぞろりと恵里香の肉の芽を舐めあげた。すると、たったひと舐めで、

「はあっ、ああ……」

恵里香が反応してくれる。

「やっぱり、上手よ。才能があるわよ、智司」

「ありがとうございます」

「礼なんていいの。クリから口を離しちゃだめよっ」

「すみませんっ」

と謝り、クリトリスをぺろぺろと舐めあげる。

「あんっ、ああ……」

恵里香が股間を突きあげてくる。恵里香のほうから、こすりつけてくる。

智司はクリトリスを口に含み、じゅるっと吸う。

「あ、ああっ……いいわ。上手よ……飼いたいわ」

智司もクリトリスを吸いつつ、飼われてもいいと、ふと思う。恵里香に飼われたら、一生、童貞のままだ。ただただ、クリトリスを舐め、吸うだけの人生だ。

でも、それで充分ではないか。そもそも、智司は女にまったく縁がなかったのだ。

けれど今、屈辱まみれのなか、恵里香の恥部に顔を押しつけ、真優梨のフェラ顔を見ることができている。

「ああっ、もう、だめっ。我慢できないっ」

ずっと翔太のペニスをしゃぶっていた真優梨が、いきなり甲高い声をあげると、ミニスカートの中に手を入れて、パンティをさげていった。

そしてミニの裾をまくり、股間をあらわにさせると、吊られたままの翔太に抱きついていった。

「真優梨さんっ、なにをやっているんだっ」

智司は驚いた。翔太とつながり、処女膜を破ろうとしている真優梨を引き剝《は》がそうと立ちあがった。すると、

「いいの。舐めつづけなさい」

恵里香が落ち着いた声でそう言う。

「でも、真優梨さんが、翔太さんと……」

「できるわけがないでしょう」

恵里香が言う。

真優梨は翔太に抱きついたまま、股間を押しつけている。こちらからは、真優梨の

うしろ姿しか見えないが、つながっている感じではない。

どうしたんだ。もう、処女膜を破っていてもおかしくはないはずなのに……。

「ああ、どうして……どうしてですか……」

真優梨がその場に崩れていく。すると、翔太の股間があらわれた。

「あっ……」

智司は目を見張る。さっきまで見事に反り返っていたペニスが、縮みきっていたのだ。

「さあ、吸って」

「は、はいっ」

智司はふたたび、恵里香の恥部に顔面を押しつける。さっきよりさらに女の匂いが濃くなっていた。

「私のゆるしなしに、翔太が女の穴に入れることはないの。ねえ、翔太」

「もちろんです、恵里香様」

なんてことだ。完全に、翔太を支配している。

「翔太が入れていいのは、処女膜を失った価値ゼロのＪＫの穴だけよ」

智司はひたすら恵里香のクリトリスを吸う。

「あ、ああ……それだけかしら、智司」

智司は右手の指先を蟻の門渡りに這わせる。すると、ぴくっと恵里香の腰が動く。左手の指先をもっと先へと伸ばしていく。

ふくらはぎを撫でるのはだめだが、蟻の門渡りや、尻の穴を撫でるのはいいのだ。

クリトリスを強めに吸いつつ、左手の指先で尻の穴の入口をくすぐる。

「ああっ、いいわっ、それ、いいわっ」

恵里香の下半身ががくがくと動く。

智司はクリトリスの根元に歯を立て、甘嚙みしていく。と同時に、指先を尻の穴へとしのばせる。

「ああっ、い、イキそう……ああ、イキそうっ」

恵里香が舌足らずに叫ぶ。やはり、恵里香の急所は尻の穴だ。恵里香が尻の穴で感じるなんて、誰も想像できないだろう。

「ああっ、もっとっ、もっと嚙んでっ」

智司は言われるまま、思いきってクリトリスをがりっと嚙んだ。すると、

「イク、イクイクっ」

と叫び、恵里香がソファの上で身体を弾ませた。

智司はがりがりとクリトリスを噛みつづける。恵里香様の身体に歯を立ててもゆるされるのは俺だけだ、と思うと、全身の血が沸騰する。

「イクイク、イクうっ」

背中をぐっと反らせつつも、股間をぐりぐりと智司の顔面に押しつつづける。女の匂いが濃くなっている。

とはいっても、恵里香はまだ処女だ。処女の匂いが濃くなったと言うべきか。そもそも智司は、真優梨、恵里香と処女の匂いしか嗅いでいない。そして、恵里香様の尻の穴までいじることができるのに童貞だ。

恵里香の動きが止まる。智司はクリトリスから歯を引き、やさしく吸っていく。尻の穴のまわりをくすぐるようになぞる。

「はあっ、ああ……ああ……」

恵里香はアクメの余韻に浸っている。いったいどんな顔でイッたのだろうか。きっと勃起もののイキ顔だろう。そうだ。翔太のペニスを見ればわかるはずだ。

智司は恵里香の股間から顔をあげ、翔太を見た。

「あっ、すごい」

思わず声に出してしまう。翔太のペニスは、見事に天を衝いていた。顔を見あげると、やっぱり恵里香の顔を凝視していた。

真優梨はそばにしゃがんだまま、翔太を見つめている。

智司も恵里香のイキ顔を見た。イッた直後ではなく、余韻に浸っている顔になっている。うっとりとした表情は、なんとも言えず美しい。

処女ゆえに、汚らわしさがない。イキまくったのに、欲望に溺れている感じがない。まだペニスの快感を身体が知らないからだ。蒼い快感しか知らないからだ。

それゆえ、神々しく見える。

「ああ、上手ね、智司。やっぱり飼いたいわ。イキたいとき呼んでも、ここまで二十分くらいかかるわよね。飼っていたら、すぐに舐めさせることができるもの」

火のため息まじりに、恵里香がそう言う。

「おち×ぽ、見せて、智司」

「えっ」

「智司だけ、イッてないでしょう。イカせてあげるわ」

「え、恵里香様が、ですかっ」

「昨日、私の指だけで、出して、私にかけたくせして」

「すみませんっ」

謝りつつも、智司は急いでジーンズをトランクスといっしょにさげていく。恵里香の気が変わったら困るからだ。

はじけるようにペニスがあらわれた。それは、翔太に負けないくらい、いや、翔太以上に見事な反り返りを見せていた。先端はもちろん、胴体まで我慢汁だらけになっている。

「たくましいわ、智司。あなた、おち×ぽだけは翔太に勝っているわね。私のおま×こには、智司のおち×ぽが合うかもね」

「え、恵里香様……」

感動で涙が出そうになる。

「ねえ、そう思わない？　真優梨」

恵里香が真優梨に聞きつつ、美貌を寄せてくる。もしかして、舐めてくれるのか。

「なんか、この我慢汁、見ているとおいしそう」

と言うなり、恵里香がぺろりと裏筋を舐めあげてきた。

「ああっ、恵里香様っ」

それだけで、智司はがくがくと下半身を震わせた。確かに、昨日は指でなぞられただけで暴発させてしまったのだ。

今夜は、指どころではない。恵里香の舌がち×ぽの急所を這っているのだ。

「あ、あああ、あああっ、恵里香様っ」

震えが止まらない。あまりに興奮して、気持ちいいのかどうなのかさえわからなくなっている。

「ああ、智司の我慢汁、おいしいわ」

と言って、さらに舐めあげ、鎌首のさきっぽにぬらりと舌をからめてきた。

「あっ……だめっ」

出るっ、と思った瞬間、恵里香がさっと美貌を引いていた。ぎりぎり暴発しなかった。ペニスがひくつき、どろりと我慢汁が出る。

「今、私の顔にかけようとしたわね、智司」

「すみませんっ」

「かけたら、すぐにここで真優梨の処女を一億円で破らせていたわ」

恵里香が言う。

ひいっ、と真優梨が息を呑む。

「真優梨さんと……真優梨のさんの処女膜を……」

「一億円よ。あるかしら。一生かかっても無理よね。一生、私の舐めダルマになる契約を一億円で結ぼうかしら」

「い、一億円……真優梨の処女……恵里香様の舐めダルマ……」

これはいい話じゃないのか、と思ってしまい。いい話だと思う自分に驚く。

「あら、一億円で真優梨の処女膜を買うかしら、智司」

そう聞きつつ、またも、ぺろりと鎌首を舐めてくる。

「あああっ」

出そうになり、智司は懸命に歯を食いしばる。たまらなく気持ちいいのに、その気持ちよさから逃れようとしている。

「あああっ、出ますっ、そんなにされたらっ、あ、ああ出ますっ」

「だめっ、出してはだめっ」

真優梨が叫び、智司の尻たぼをぱんっと張ってきた。尻を張れば出さないと思ったのだろうが、逆に、暴発寸前までになる。

恵里香は妖しい眼差しで見あげつつ、ぺろぺろとさきっぽだけを舐めている。

「だめ、だめよっ、智司くんっ」

真優梨は前にまわるなり、恵里香の肩を押した。美貌がさきっぽからずれるなり、真優梨がぱくっと咥えてきた。

じゅるっと吸われるなり、智司は、

「おうっ」

と吠えていた。どくどく、どくどくとマグマが噴き出すように、ザーメンが噴き出した。

「う、うぐぐ、うう……」

それを真優梨がしっかりと喉で受け止める。

射精の快感に浸りつつ、恵里香の顔にかけなくてよかった、と思った。

「あ、ああ、真優梨さん」

脈動は止まらず、真優梨の口に出しつづけた。

2

恵里香の屋敷を出るなり、怖い、と言って、真優梨が智司に抱きついてきた。

「真優梨さん……」

「ああ、処女膜、売られてしまうの……」

「断ればいいいんじゃないの。翔太さんの……その、穴になることを断れば、処女膜を競りにかけられることはなくなるんじゃないのかな」

「かわいそうなの」

智司の胸もとに美貌を埋めたまま、真優梨がそう言う。

「かわいそう？　誰が」

「翔太様よ……だって、あんなに素敵な男子なのに……童貞だなんて、かわいそう」

俺が童貞なのはかわいそうじゃないのだろうか。舐めダルマがお似合いだと思っているのだろうか。

「翔太様、泣いていたわ。入れたいって、泣いていたわ」

「恵里香様に入れたんだろう」

「そうね……でも、私の穴で我慢してくれるって、言ってくださったわ」

「我慢って、真優梨さんで我慢って、ありえないよっ」

智司は思わず叫んでしまう。真優梨が美貌をあげる。

「ごめんなさい……翔太様が私に入れているうちに、気持ちが変わるかもって思ってしまうの」

「気持ちが、変わる？」

「恵里香様じゃなく、私のことが好きになってくれるかもって……何度も入れて出しているうちに、私が好きになってくれるかもって……」

「真優梨さん……」

そんなことはないはずだ。何度も入れて、何度も中出ししているうちに飽きてくるはずだ。

処女でありつづける恵里香のことが、ますます恋しくなるはずだ。

でも、そんなこと、真優梨もわかっているはずだ。けれど、一縷《いちる》の望みにすがりたいのだろう。

「ごめんなさい。智司くんをこんなことに巻きこんでしまって……」

「いや、いいんだよ。俺は幸せだから」

「えっ、幸せって……」

真優梨が、どうして、という目で見つめてくる。

「だって、巻きこまれたから、真優梨さんともこうして話せるし、さっきは口で受けてもらったし……恵里香様のクリを舐めることができているし……」

「でも、それって……」

「巻きこまれなかったら、なんにもない高校生活を続けていたんだ。まったく女子には縁がない、想像してオナニーするだけの毎日を送っていただけなんだ。今のほうが百倍、いや一万倍いいよ」

「そうかな……だって、智司くん、童貞のままだよ」

「そうだね。でも、幸せだよ」

「智司くんって、やさしいんだね。ありがとう」

と言って、ちゅっと頬にキスしてくれた。

気を使って、幸せだと言っていると思っているらしい。気なんか使っていない。本当に智司は今、幸せだった。


競りはすぐに決まった。翌日の昼休み、三年の女子の七瀬がまた、恵里香からのメッセージを伝えに来たのだ。

わたされたメモを真優梨が目にした瞬間、身体ががくがくと震えはじめた。

それを見て智司は、今夜なんだ、と思った。

たぶん、今夜処女膜が競り落とされ、その場で処女ではなくなり、ＪＫとしての価値を落とした穴に、翔太がすぐに入れるのだと思った。

そして、その一部始終を智司は見守ることになるのだろう、と思った。撮影係を言いつけられるかもしれない。きっとそうだ。

七瀬が去り、真優梨がメモを持ったまま、智司のほうを見た。こんや、と唇が動いた。

3

恵里香はとても行動力のある女子だった。ただのきれいなお嬢様というだけではなかった。S高校の理事長を務め、複数の会社を経営している父親の血を引いているようだ。

その夜、智司は真優梨とある駅前の雑居ビルの地下に来ていた。以前はライブハウスだったようだが、今は空きテナントとなっている。

そのままの形で残っていて、ステージがあり、三十人ほどが入れるフロアがあった。ライトもまだ使える。

フロアは薄暗く、ステージだけが異様に明るかった。肌の肌理《きめ》まではっきりとわかりそうだ。

午後八時。競りがはじまる時間に、三人の男性が来ていた。みな中年で、ひとりはスーツ姿、ふたりはラフなかっこうをしていたが、三人とも金を持っていそうな雰囲気があった。それぞれの足下にアタッシェケースが置いてある。現金が入っているのだ。

ステージのわきに、真優梨が立っていた。S高校の制服を着ている。そのそばに、翔太が立っている。そして、そのうしろに智司と恵里香がいた。真優梨だけが制服で、智司たちは私服だった。

「これに着がえて」

恵里香が智司に黒子の衣装をわたしてきた。歌舞伎で見かけるものだ。黒頭巾もある。それを受け取りつつ、やっぱり、撮影係になるんだな、と智司は思った。

買われた真優梨が女になり、そして女になったばかりの真優梨の穴に翔太が入れる恥態を、智司は撮りつづけることになる。

智司はセーターを脱ぎ、ジーンズを脱ぐ。

「なに、勃たせているの、智司」

と言って、恵里香がもっこりとしているブリーフの先端を突く。

「あっ……」

「あなたの大切な彼女の処女が売られるっていうのに、なによ、これ」

「違うんです」

「なにが違うの」

そう問いつつ、ぴんぴんと先端を指ではじいてくる。

「恵里香様が……恵里香様のセーター姿に……」

「えっ、そうなの」

恵里香はニットのセーターに、レザーのミニスカート姿だった。ニットはノースリーブで、白い二の腕がなんとも眩しかった。ミニから伸びた生足もそそる。その上から真っ白のコートを着てきていた。

肌寒い季節に外で見る二の腕や生足は、いつも以上に股間に来る。

真優梨がこちらをふり向く。清楚な美貌が真っ青だ。足ががくがく震えている。

「真優梨、もうすぐ、翔太にち×ぽを入れてもらえるのよ。もっと、うれしそうな顔をしなさい」

「は、はい……あ、ありがとうございます、恵里香様」

処女膜を売ろうとしている恵里香に、真優梨が礼を言う。

「さあ、出て」

恵里香が言い、真優梨が震える足を踏み出した。

ステージの袖から制服姿の美少女が出る。客席にはたった三人しかいなかったが、はっきりとフロアの空気が変わるのがわかった。

淫蕩《いんとう》な匂いがステージから漂いはじめる。

「挨拶しなさい」

袖から恵里香が命じる。

「S高校二年の……真優梨といいます……今夜は、真優梨のしょ、処女膜を……買ってくださるために……お越しくださり……ありがとう、ございます」

紺のブレザーに紺のプリーツスカート。スカート丈は膝小僧がのぞく程度で、ふくらはぎは紺のソックスに包まれている。

ブラウスは白。深紅のネクタイが胸もとで揺れている。

「ま、まずは……処女かどうか……吟味していただきます」

そう言うと、真優梨がスカートの裾に手をかける。

「行って、智司」

ビデオカメラをわたし、恵里香がそう言う。はい、と智司は従う。恵里香の命令に逆らうという思考がなかった。

ビデオカメラを持った黒子があらわれても、誰もなにも言わない。だって、黒子だからだ。

真優梨がスカートの裾をたくしあげていく。白い太腿があらわになっていく。ＪＫの若さが詰まった太腿だ。

つけ根までたくしあげると、そこで止まる。

誰もなにも言わない。あげろとも言わない。真優梨が自分の意志で、パンティを見せるのを待っている。

客席の三人の大人たちも、袖にいる恵里香と翔太も。

真優梨が袖を見る。翔太がうなずくのを見て、スカートの裾をたくしあげていく。

白のパンティがあらわれた。純白で、飾り気のないシンプルなパンティだ。けれど、布地の面積は狭かった。

真優梨は右手でスカートの裾を持ち、左手をポケットに入れた。そこからピンを取り出し、たくしあげた裾を止めた。

そして、パンティに手をかける。

手がぶるぶる震えている。パンティを握ったまま手を震わせ、すらりと伸びた生足をくの字に折っている。真優梨は全身で恥じらっていた。

客席の三人の男たちはみな、身を乗り出している。

美貌の現役ＪＫが自ら手でパンティをさげる瞬間を、見逃すまいと凝視している。

それは黒子の智司も同じだった。その瞬間を捉えるべく、カメラのレンズを真優梨の股間に斜め前から向けている。

「ああ、ご、ごめんなさい……ああ、恥ずかしすぎて、ああ、変になりそうです……ああ、脱ぎますから……ああ、真優梨が処女であることを……証明しますから、待っていてください」

そう言うと、真優梨がパンティのフロントをまくった。

淡い陰りがあらわれる。そして、縦の秘割れがあらわれる。そこは一度も開いたことがないように、ぴっちりと唇を結んでいる。

「あ、ああ……これから開きますから、そばに来てください」

真優梨が言うと、男たちはすぐに席を立った。ステージにあがれば明るい場所に顔をさらすことになるが、そんなことはまったく気にしていないようだ。それよりも、間近で真優梨の処女の証を目にすることしか頭にないように見えた。

ステージの中央に制服姿で立つ真優梨の足下に、三人の大人たちがしゃがんでいる。

「あ、ああ……恥ずかしいです……そんな……ああ、恥ずかしいです。そんなエッチな目で……ああ、真優梨を見ないでください」

真優梨は羞恥の息を吐き、割れ目まで剝き出しにさせつつ、すらりと伸びた足をくなくなさせている。

黒子の智司はすでに大量の我慢汁を出していた。

真優梨が割れ目に指をそえる。指先が震えている。誰もなにも言わない。みな固唾《かたず》を呑んで、処女の割れ目が開帳されるのを待っている。

「あ、ああ……」

真優梨がステージの袖を見る。翔太もぎらついた目で真優梨を見ている。

「ああ……翔太様……」

真優梨は目を閉じると、割れ目を開いていった。

ピンクの花びらがあらわれる。穢れを知らない、ピュアな処女の粘膜だ。

視線を感じるのか、花びらが恥じらうように動く。

男たちは身を乗り出し、真優梨の花びらを凝視している。

4

「百万円っ」

いきなり、セーター姿の男が叫んだ。それを聞いたスーツの男が、二百万円っ、と叫ぶ。

もう競りがはじまったのだ。真優梨の処女の花びらを見たとたん、男たちは破りたくなって、ものにしようと叫びはじめていた。

三百万円っ、とジャケットにTシャツ姿の男が叫ぶ。するとセーター姿の男が、

「四百万円っ」

と値をあげる。真優梨の処女膜は、一分足らずで四百万円の値がついていた。

だがすぐに、スーツ姿の男が五百万円っと叫ぶ。

百万円あがるたびに、真優梨がひぃっと息を吞み、花びらがきゅきゅっと動く。

ピンクだった花びらが、いつの間にか赤みがかってきていた。

「さあ、ここまでかしら」

と言いながら、恵里香がステージに出た。恵里香も素顔をさらしていた。

真優梨さえも負けてしまう圧倒的な美貌とスタイルを持った女があらわれ、男たちの視線が処女膜から恵里香の美貌に集まる。

「六百万円っ」

恵里香を見ながら、ジャケットにジーンズ姿の男が叫ぶ。

「ほかは、ないかしら」

真優梨の真横に立ち、レザーのミニから伸びた脚線美を見せつけながら、恵里香が聞く。

ピュアな花びらがあるのに、その真横の生足に、男たちの視線が引き寄せられている。

黒子の智司も、恵里香の脚線美に見惚れていた。これはわざとだ。美少女の処女膜よりも、私の生足のほうが魅力的でしょう、と誇示しているのだ。

なんという女なのだろうか。

「六百五十万円」

スーツ姿の男が叫ぶ。真優梨の処女の花びらではなく、恵里香の美貌を仰ぎ見ていた。

「もう、ないかしら」

六百五十万円からあがらない。

「決まりね」

恵里香がスーツ姿の中年男性に向かって、ウインクしてみせた。するとそれだけで、処女膜に六百五十万円も払う男が身体を震わせた。

「智司、この方のアタッシェケースを持ってきて」

恵里香が真上から命じる。智司は、はい、と返事をして、ステージを降りる。

「なんて、きれいなんだ」

ステージから男たちの声がする。ふり向くとみな、恵里香を仰ぎ見ている。みな、足下にひざまずいたままでいる。

真優梨の処女の花びらを間近で見るために、男たちはひざまずいていたのだが、今は恵里香を仰ぎ見るためにひざまずいたままでいた。

智司はスーツ姿の男のアタッシェケースを持ち、ステージに戻る。スーツ姿の男がアタッシェケースを開いた。札束がずらりと並んでいる。

智司と真優梨は息を呑んだが、恵里香や三人の男たちは表情を変えない。恵里香は別に金が欲しくてやっているわけではない。翔太とキスをした真優梨を辱めるために、翔太が入れる穴を作るために、競りをやっているだけなのだ。

六百五十万円を受け取ると、

「ここで散らしてくださいね」

恵里香がスーツ姿の男に向かってそう言った。あらかじめ伝えてあったのか、スーツ姿の男はうなずき、ジャケットを脱ぐ。すると、恵里香が手を伸ばし、ジャケットを受け取った。

スーツ姿の男がベルトを緩め、恵里香やほかの男たちの前で、スラックスを脱いでいく。ブリーフがあらわれた。もっこりしている。

だが、真優梨の花びらを見てではなく、恵里香の生足を仰ぎ見て勃たせているように感じた。

「真優梨、脱がせてさしあげなさい。あなたの処女膜を買ってくださったお方なのよ。しっかりお礼を言いなさい」

はい、と真優梨はうなずき、その場に膝をつく。

そしてまずはスラックスを足首から抜き、ブリーフに手をかけた。

「真優梨の処女膜を買ってくださり……ありがとうございました」

かすれた声でそう言うなり、ブリーフをさげていく。すると、はじけるように男のペニスがあらわれた。真優梨の小鼻をたたき、あんっ、と甘い声を洩らす。

その声に、智司も男たちもはっとなった。

「真優梨の処女膜を破るお、おち×ぽを舐めさせてください」

そう言うと、ちゅっと先端にキスしていく。真っ青だった美貌がいつの間にか、赤みがかっている。

処女膜を見知らぬ男に破られるのは怖いが、そのあと翔太のペニスが入ってくると思うと昂るのだろうか。女心はわからない。女の身体はわからない。

真優梨は唇を開くと、鎌首を咥えた。

「ううっ……」

男がうなる。だが、その目は自分のペニスをしゃぶる真優梨のフェラ顔ではなく、目の前に立つ恵里香の美貌に向いていた。

恵里香が右手で髪をかきあげた。腋の下があらわになると、男の股間でうめき声が聞こえた。

恵里香の腋の下を見て、男はさらに大きくさせているのだ。智司は暴発しそうになっていた。プールでも腋の下は目にした気もするが、ステージ上で見る腋の下は、あまりにそそった。

「あなたは処女ですか」

男が恵里香に聞いた。

「もちろんです。ＪＫで処女でなくなったら、ごみといっしょです。そう思いませんか」

男のペニスをしゃぶっている真優梨の横顔が強張る。

「じゃあ、僕はこれから、この美少女をごみにしようとしているということかな」

「そうです。でも、安心してください。真優梨はそれを望んでいるのです」

「処女を破られることを望んでいる？　金がいるのかな」

「いいえ。排泄穴になれるからです。私も自分の彼氏が、排泄穴に出してもなんにも思いませんから」

「あなたの彼氏の排泄穴になるということですか。あなたがＪＫ処女のままでいるために」

「そうです」

ふうん、と感心したようなあきれたような複雑な表情を浮かべ、男は真優梨の唇からペニスを抜いた。先端からつけ根まで、真優梨の唾液でねとねとになっている。

男はしゃがむなり、制服姿のままの真優梨を押し倒した。太腿をつかみ、ぐっとひろげる。だが、剝き出しの割れ目は閉じたままだ。

男が鎌首を真優梨の割れ目に当てた。

「いいんだね、真優梨」

男が真優梨に問う。

「よろしく、おねがいします」

「この美人の彼氏の排泄穴になりたいんだね」

「はい……なりたいです」

そうかい、と言うなり、男が鎌首を突き出した。割れ目が開き、鎌首を呑みこむ。男はそのまま腰を突き出していく。

「あっ、い、痛いっ」

男は一気に突かなかった。いったん、鎌首を引きあげたのだ。すでに、わずかに鮮血がついている。

智司は瞬きすら忘れて、いちど鎌首を呑んだ真優梨の割れ目を見つめている。そこはすぐに閉じていた。

また、男が割れ目に鎌首を当てた。

「どうか、ひと思いに、おねがいします」

真優梨が涙をにじませた瞳で男を見つめつつ、そう言う。

男はうなずき、恵里香を見つめる。恵里香の視線も、男の鎌首が当たっている真優梨の割れ目に向いている。

そこにふたたび鎌首がめりこんでいく。

「あう、うう……裂けるっ、ああ、真優梨、裂けちゃうっ」

「おう、さすがにきついな。ああ、これはきついぞ」

男がうなりつつ、腰を突き出す。

「痛い、痛いっ……ああっ、智司くんっ」

いきなり泣き濡れた目で、こちらを見つめられて、智司はドキンとした。大量の我慢汁を出す。

「助けて、智司くん」

「えっ」

声をあげた瞬間、ずぶりと男の鎌首が入った。

「ううっ」

真優梨の身体が硬直する。

「ああ、きついぞ。ああ、やっぱり初物は違うな」

男はうなりつつも、じわじわとペニスを真優梨の割れ目に埋めていく。処女膜を破ることには慣れているように見えた。

「ああ、すごい締めつけだ」

「う、うう……うう……」

真優梨が智司を見つめてくる。恨めしげに見つめてくる。

俺が助けなかったのがいけないのか。真優梨が望んで処女膜を破らせたのではないのか。

男が真優梨の穴からペニスを抜いていく。

「あう、うんっ」

エラで逆向きにこすりあげられ、痛みが強くなるのか、真優梨が眉間に深い縦皺を刻ませる。

割れ目から出たペニスはさらにひとまわり太くなっていた。ペニスのあちこちに、鮮血がついている。

男はそれを見て満足そうな笑みを浮かべると、はやくも閉じてしまった割れ目にみたび鎌首を押しつけていく。ぐいっと突き刺していく。

「ひいっ」

激痛が走ったのか、真優梨が叫び、S高校の制服に包まれた上半身を反らせる。

今度は瞬く間に、男のペニスが真優梨の中に入った。いくらきつくても、いちど貫通してしまえば、次からはすぐに埋めこむことができるのだ。

「ごみね」

恵里香が軽蔑したような目で、真優梨を見おろす。

「もう、すぐにち×ぽが奥まで入るわ。いちど空いた穴はち×ぽ入れ放題、出し放題だわ。公衆便所ね」

処女膜を破られただけだったが、すでに真優梨のＪＫとしての価値は地に落ちてしまっていた。けれど、智司から見れば、真優梨は美少女のままだ。可憐で清楚な美少女なままだ。

「おう、きつい、きついぞ」

とうめきつつも、男はぐいぐいと真優梨を突いていく。

「う、うう……うう……」

真優梨が瞳を開き、智司を見つめる。その目は、どうして助けてくれなかったの、という恨めしさを帯びている。

「うう、うう……うう……」

ひと突きごとに、真優梨の眉間の縦皺が深くなる。

「ああ、出る。もう、出るっ」

「えっ、中は、中はだめですっ」

真優梨がいきなりそう叫んだ。ずっとおとなしかった真優梨が、男のペニスから逃れようと腰を動かす。だが、もうすでに遅い。中出し寸前でだめと言い出す女子は多いのか、男は別に驚きもせず、膝をしっかりとつかみ、抜き差しを続ける。

「だめだめっ、中はだめですっ……外におねがいっ」

「ザーメンで中を汚して完結なのよ、真優梨」

恵里香が冷静にそう言う。

「ああ、出るっ」

と叫び、男がおうっと吠えた。腰を激しく動かす。

「あっ、ああ……ああ……」

ザーメンを子宮で感じたのか、真優梨が美貌を強張らせた。制服に包まれた身体全体も硬直する。

男は、おうおう、と吠えつづけ、腰をふりつづける。

「ああ、ああ……ああ……」

真優梨は絶望の表情を浮かべる。

男がペニスを引き抜いた。ペニスにからんだザーメンのあちこちに、鮮血が混じっている。

「よかったよ」

男が満足そうに言う。

5

真優梨が起きあがった。ビデオを構える黒子の智司にすがりつき、

「私、変わった？　私、ごみになった？」

詰め寄るように聞いてくる。

「い、いや、変わらないよ……かわいいよ。すごくかわいいままだよ」

はじめて真優梨に面と向かってかわいいと言っていた。

「そ、そうなの……私、処女じゃなくなったの……ああ、ああ……」

真優梨がかぶりをふりつづける。ピンで留められたスカートはたくしあがったままで、女になったばかりの割れ目は剝き出しのままだ。そこはすでにぴっちりと閉じてしまっていた。

それだけ見ると、処女のままかもと思ってしまうが、違っていた。閉じた割れ目から、じわっとザーメンがにじみ出ていた。

「翔太、ここで入れてあげて。真優梨が混乱しているから」

恵里香がステージの袖に向かってそう言う。すると、いきなり裸の翔太があらわれ

た。たくましく鍛えられた肉体はもちろん、見事に反り返ったペニスを見て、三人の男たちも、ほう、と目を見張る。

「ああ、翔太様っ、翔太様っ、真優梨、変わっていませんかっ」

翔太を目にした真優梨が駆け寄っていく。太腿の内側にザーメンが垂れていくのがわかった。

翔太の足にすがりつき、変わっていませんかっ、と聞きつづける。

翔太はその場にしゃがむと、制服姿で股間まる出しの美少女を抱えあげた。ステージの中央へと運んでいく。

そしておろすと、智司に向かって、

「きれいにしてくれ」

と言った。

「えっ」

「ザーメンを吸い取って、おま×こをきれいにしてくれ。入れられないだろう」

「ぼ、僕が、やるんですか……」

「智司以外いないだろう」

「えっ……」

真優梨のおま×こを舐めるのはいいが、男が出したザーメンを舐めるのはいやだ。

「智司くん、おねがい。きれいにしないと、翔太様が入れてくださらないの」

真優梨がすがるような目を向けてくる。

「ザーメンを舐めろというのかい」

「おねがい。おねがい、智司くん」

真優梨は不安そうに震えている。翔太に入れてもらうために処女膜を失ったが、処女ではなくなったゆえに、翔太の興味が自分の身体からなくなることを怖がっていた。

それを取り除くには、今すぐ翔太が入れるしかない。でも、男のザーメンが残ったおま×こには入れたくない。

だから、きれいにする人間がいる。それが智司だ。

「智司くんしかいないの……」

今、智司は真優梨に頼りにされていた。最低最悪な頼みだったが、それでも頼りにされていた。

「智司、処女を失ってすぐの、真優梨のおま×こを舐められるのよ。光栄じゃないのかしら。あなたは舐めダルマでしょう。なに、ためらっているの。生意気になったのね」

恵里香が言う。

「わ、わかりました」

そうだ。俺は舐めダルマに落ちているんだ。今さら、ザーメンを舐めるのがいやだなんて、確かに生意気だ。

智司が黒頭巾を取ると、真優梨が仰向けになった。両膝を立てて、太腿をひろげていく。剝き出しの割れ目はすでにぴっちりと閉じていた。それだけ見れば、処女のまだ。

でも、違っていた。割れ目からじわっとザーメンがにじみ出ていた。しかも、鮮血が混じっていた。

智司は割れ目に手を伸ばし、くつろげていく。すると、ザーメンがあふれ出た。かなりたっぷり注いだようだ。

智司は顔を寄せると、口を割れ目に押しつけ、ザーメンを啜り取っていく。苦かったが、思ったほどまずく感じなかった。たぶん、真優梨の穴に注がれたからだ。真優梨の穴から啜り取っているからだ。

これはただのザーメンではないのだ。真優梨の破瓜《はか》の証である鮮血と、処女からおんなになった直後の愛液が混じったザーメンなのだ。

だから、飲めた。ごくんと嚥下すると、股間が疼いた。舌を出し、貫通されたばかりの穴に入れていく。

ぺろぺろと、女になったばかりの粘膜に残っているザーメンを舐め取っていく。すると、粘膜に舌が這う動きに感じたのか、真優梨が、

「ああ……」

甘くかすれた吐息を洩らす。と同時に、ザーメンの味が変わっていく。愛液の濃度が高まっていた。

智司はペニスを勃たせていた。最初、ザーメンの匂いを嗅いだ瞬間、一気に萎えたが、すぐに勃起を取りもどしていた。

智司は大きく割れ目を開き、開通された穴の奥まで舌を入れていく。

「はあっ、ああ……ああ……やんっ」

奥をぞろりと舐めると、真優梨が腰をくねらせる。

「なに、その腰の動き。エッチね。ザーメンを浴びたとたん、これだから」

恵里香が軽蔑したように、そう言う。

恵里香は軽蔑していたが、智司は新鮮な昂りを覚えていた。やっぱり、おま×この奥まで舐められるのはいい。例えそれが舌であっても、真優梨の中に、奥深く侵入し

ている気になる。

「あ、ああ……ああ……」

ステージは異様な空気に包まれている。みな押し黙って、智司に処女を失ったばかりのおま×こを舐められている真優梨を見ている。

もう、ザーメンの味はしなくなっていた。純粋に、真優梨の愛液の味を堪能《たんのう》していた。

ときおり血の味を感じたが、不快ではなかった。むしろ、さらに昂った。この味は、今しか味わえないものだ。

これから、真優梨もあらたな恋をして、将来は誰かの奥さんになるだろう。でも、その幸運な夫でさえも、処女を失った直後のおま×こは味わうことはできないのだ。智司だけが知る味だ。舐めていると、ペニスがブリーフの中でひくつきはじめる。

当然のことながら、あらたな我慢汁を大量に出している。

触れてもいないのに、真優梨のおま×こを舐めているだけで、イキそうになる。

「はあ、ああ……あんっ、やんっ」

真優梨の声が、艶めいてくる。これまで聞いたことのない艶っぽさだ。処女膜を失ったばかりなのに、もう女として開花しはじめているのか。

「もう、いいぞ、智司」

翔太が上ずった声をあげる。

けれど、智司は真優梨のおんなの粘膜を舐めつづける。舌を、顔を引けなくなっている。

「なにをしているっ、智司っ。もういいって言っているんだっ」

翔太にしては珍しく声を荒げ、智司を足蹴にしてきた。あっ、と顔面が真優梨の恥部から離れる。

見あげると、翔太のペニスは天を向いていた。先端から我慢汁が胴体にまで垂れていた。

「入れるよ。入れて、出すよ。いいよね」

翔太が恵里香にゆるしを求める。

「いいわ。たんなる排泄穴にするために、処女膜を破ってもらったんだから。どんどん入れて、どんどん出して」

恵里香が言う。翔太はうなずき、仰向けのままの真優梨の両足の間に腰を入れる。

そして白く汚れた鎌首を、はやくも閉じてしまった割れ目に当てる。

「入れるぞ、真優梨」

「はい……」

真優梨がうなずき、翔太が鎌首を割れ目にめりこませようとする。

だが、入らず、割れ目の外に出た。穴をはずしたのだ。

翔太はもう一度、割れ目に埋めようとする。だが、またもはずれた。

やっぱり、童貞なんだ、と智司は思った。

こんなイケメンが恵里香の彼氏になったばかりに、ずっと童貞のままだったなんて
……。

三度目にずぶりと入った。

「あう、うう……い、痛い」

真優梨の美貌が歪む。

翔太は構わず、矛先を進める。

「ああ、裂ける、ああ、裂けるっ」

「おう、すごいっ、締めつけがすごいぞっ」

翔太が歓喜の声をあげる。

「あら。そんなにごみのおま×こがいいのかしら、翔太」

「い、いや、違うんだっ。ぜんぜんよくないよっ。こんな穴、よくないよっ」

と言いつつ、翔太は奥まで串刺しにして、ううっ、と腰を震わせる。

「ああ、翔太様……翔太様のおち×ぽ、真優梨に入っています。真優梨、翔太様をお、おま×こで、感じます」

真優梨は幸せそうな表情を浮かべている。

翔太は奥まで貫いた状態で動きを止めていた。締めつけがきつくて、じっとしていても気持ちいいのだろう。

「なにしているの、翔太。まさか、ごみのおま×こを味わっているのかしら」

「まさか」

翔太がふたたび、腰を動かしはじめる。

「あう、うう……翔太様……ああ、翔太様のおち×ぽ……ああ、いっぱいです」

真優梨は翔太を見あげ、両腕をさしあげていく。抱き合ってエッチを続けたいようだ。だが、翔太はちらりと恵里香を見あげ、上体を起こしたまま突いていく。

あくまでも、真優梨の穴を借りている感じを出している。口で出すのは飽きたから、穴に出したくて、真優梨の穴に入れているという雰囲気を出している。

でも、翔太が真優梨のおま×こに感じているのはあきらかだ。

ときおり、たまらない、といった表情を浮かべる。真優梨のおま×こ。想像もつかないが、とてつもなく気持ちいいはずだ。

ああ、入れたい。俺も入れたい。

見ているだけはいやだ。でも、無理だ。俺なんかが、真優梨のおま×こに入れるなんて百年はやい。いや、百年経っても無理だろう。

真優梨の中に出されたザーメンを舐め取り、その延長上で、おま×こを舐めるくらいが、俺にはお似合いなのだ。

「う、うう……きつい……」

「あ、あうう、うう……翔太様」

「ああ、ああ」

また翔太が動きを止めた。出そうなのだろう。でも、まだ出したくないのだ。終わりにしたくないのだ。

「どうしたの、翔太。まさか、ごみ穴でもうイキそうなのかしら」

「まさか」

「いいのよ。出して。出しなさい」

恵里香がしゃがみ、ぱしっと翔太の尻を張った。すると、あうっ、と真優梨がうめき声を洩らした。

尻を張られて、翔太のペニスがひとまわり太くなったのか。

「ほらっ、出すのよっ。いいわよ、出しても」

「はい、恵里香様」

翔太が腰を動かしはじめる。ゆっくりとした動きだ。でも、それでも翔太はたまらないといった横顔を見せている。一方、真優梨のほうは、

「う、うう……うう……」

痛みを懸命に堪えている。でも、その横顔は幸せそうだ。股間に激痛が走っても、うれしいのだ。激痛を与えているのは、翔太のち×ぽだからだ。

ああ、入れたいっ。俺も入れたいよっ。

「あ、ああ、出そうだ」

「くださいっ、真優梨に翔太様のザーメン……ああ、たくさんください」

「あ、ああっ、出、出るっ」

雄叫びをあげて、翔太は射精させた。

「あっ、ああ……」

真優梨はイッたような表情を浮かべた。眉間に苦痛の縦皺を刻ませつつも、上気させた美貌は輝いていた。

そんなふたりを見ながら、智司も射精していた。どくどくとブリーフを汚していた。

ペニスにまったく触れることなく、見ているだけで出していた。

翔太が上体を倒していく。真優梨がしっかりと抱きついていった。

ふたりは火の息を吐きつつ、唇を重ねた。

「あっ……」

まずいっ、と智司は思った。

恵里香の前で、キスするなんて……。

「うんっ、うっんんっ」

真優梨は恍惚の表情でつながったまま、翔太と舌をからめている。

恵里香を見ると、鬼のような形相でにらんでいた。

ねっとりとキスしたあと、翔太が顔をあげ、そしてまた腰を動かしはじめた。

「なにしているの。出したでしょう」

恵里香が言う。

「ああ、大きいままなんだ。真優梨の穴の中で大きいままなんだよ」

と言って、翔太が抜き差しをはじめる。割れ目から出てくる胴体には、大量のザーメンがからんでいる。そこには鮮血も混じっていた。

「あ、ああっ……翔太様っ、ずっとっ、ああ、ずっとこのまま……ああ、真優梨の中に入れていてくださいっ」

真優梨が翔太を見あげる。その美しい瞳から涙がこぼれている。うれし涙だ。

「ああ、ああっ、いいぞっ」

翔太は腰をふりつづける。恵里香の存在を忘れたような行動だ。ひたすら、真優梨のおま×こを突いていく。

「あ、ああっ、ああっ……翔太様っ」

「ああ、真優梨っ」

続けてエッチをするふたりを見て、智司ははやくも勃起させていた。どろどろのブリーフの中で、ペニスをひくつかせていた。

「ああ、もっとキスを、おねがいします」

恵里香の前で、真優梨が大胆なおねだりをする。

翔太は恵里香を気にするかと思ったが、うなずくなり、真優梨の太腿を抱えるようにして、上体を倒していった。

「あ、あううっ」

ペニスの挿入角度が変わったのか、真優梨がうめく。

翔太は制服の胸もとに真優梨の足がつくまで折り曲げると、キスしていった。

真優梨が待ってましたとばかりに舌をからめていく。

翔太と真優梨は完全に密着していた。

まずいのではないのか。やはりエッチはすごいのか。ずっと恵里香の奴隷だった翔太と真優梨が、恵里香の目の前で恋人同士のようなエッチを見せつけはじめている。

真優梨は翔太と肉のつながりを持ったとたん、強く出ている。そして、翔太もそれに従っている。

「う、うう、うんっ」

ふたりは上の口と下の口でつながったままでいる。

翔太は裸、真優梨は制服を着ながら下半身だけ剝き出しだ。そしてその剝き出しの下半身で、翔太とつながっている。

唇を引くと、翔太が真優梨の穴からペニスを抜いていった。

ザーメンまみれのペニスがあらわれる。

「ああ、翔太様……」

二発目は出さずにペニスを抜かれ、真優梨が泣きそうな表情を見せる。

「じゃあ、ここまでね」

恵里香が言う。だが、翔太が、

「四つん這いだ、真優梨。うしろから入れてやる」

と言ったのだ。

恵里香も真優梨も、そして智司も目をまるくさせた。競りの男たちは奴隷関係を知らないから、次は四つん這いか、という期待で目を輝かせているだけだ。

「どうした、真優梨。俺のち×ぽ、もう欲しくないのか」

「えっ……」

真優梨が恵里香を見つめる。そして、欲しいですっ、と叫び、起きあがると、その場で四つん這いのかたちを取っていく。

ぷりっと張ったヒップがさしあげられた。ウエストが折れそうなほどくびれているため、逆ハート形のヒップがよけい際立つ。

「いい尻だ」

真優梨の処女膜を突き破った男がそう言う。当然のこと、すでにびんびんに勃起を取りもどしている。

「なにしているの、翔太」

恵里香が聞く。

「バックからも入れようと思って」

「ごみの穴なんて、前からで充分よ」

「バックからも入れたいんだ」

翔太が自分の意志を貫き、真優梨の尻たぼをつかむと、うしろからザーメンまみれのペニスを入れていった。

「ああっ、翔太様っ」

ザーメンが潤滑油代わりになっているのか、ずぶずぶと入っていく。

「ああ、締めてくる……おま×こ、締めてくる」

翔太は恍惚の表情を浮かべつつ、恵里香が見ている前で、ゆるしもなく真優梨のおま×こを突いていく。

「あ、ああっ、ああっ、翔太様っ」

真優梨も恵里香に逆らう喜びに、感度があがっているように見える。

奴隷の反乱に、智司も目を爛々《らんらん》とさせる。

もしかして、翔太に真優梨のおま×こを与えたのは、恵里香のミスだったのかも、と智司は思った。

さすがの恵里香も真優梨のおま×この気持ちよさには敵《かな》わないのかもしれない。反乱を起こすほど、真優梨とのおま×こはいいのだろう。

ああ、入れたいっ、俺も真優梨に入れたいよっ。

ビデオカメラで密着撮りしつつ、智司もブリーフの中でペニスをひくつかせる。

「出してはだめよ、翔太。ごみ穴に出すのは、一日、一発だけよ」

恵里香が言う。

「ああ、ああっ、締めるんだよっ。ああ、真優梨のおま×こ、締めるんだよっ、ああ、もう、出しそうだよっ」

「はやく抜きなさい。ごみ穴を喜ばせてどうするの」

恵里香がそう言っても、翔太は真優梨をバックで突きつづける。恵里香の命令が聞けないほど、真優梨の穴は、おま×こは気持ちいいのだ。

「ああ、出る、出るよっ」

「出したら、お仕置きよっ、翔太っ」

恵里香がそう叫んだが、おうっ、と雄叫びをあげて、翔太は二発目を、バックで真優梨の中にぶちまけた。

「あっ、ああっ」

真優梨の背中がぐぐっと反り、ペニスを呑んでいるヒップが痙攣した。

第五章　舐めダルマの下剋上

1

授業中——智司はずっと真優梨のうなじを見ていた。真優梨は今日も漆黒のロングヘアをポニーテールしていた。

気のせいなのか、ほつれ毛が貼りつくうなじからは、蒼い色気を感じていた。

昨日処女を失い、三発のザーメンをおま×こに受けたばかりだったが、たったひと晩で、真優梨からＪＫ処女の輝きは消えていた。それに代わって、男を知ったＪＫ女子の色香がにじみ出るようになっていた。

たったひと晩でこんなに変わるものなのか。それとも、真優梨が処女ではなくなったことを知っているから、そう見え、そう感じるだけなのだろうか。

教師がプリントを配る。真優梨がふり返り、プリントをわたしてくる。そのとき、ちらりと智司を見た。その目を見て、一気に勃起した。

真優梨の瞳が妖しい絖りを帯びていて、なおかつ唇が半開きだったのだ。

その目は、私のうなじを見ながら、昨日のことを思い出しているんでしょう、と告げていた。もしかして、まうしろに座る智司にうなじを見せつけるために、ポニーテールにしてきたのかもしれない、と思った。

プリントをわたすとき、指と指が触れた。そこから、目の眩むような電流が走った。

やはり、ひと晩で、真優梨はＪＫ処女からＪＫ牝へと変わっていた。

処女膜というのは女にとって、とても大事な境界線だと知らされる。あの薄い膜を破られたとたん、その奥にペニスを受け入れたとたん、身体の中に眠っていた牝が目覚めるのだ。

それからずっと、智司は真優梨のうなじだけを見て、勃起しつづけた。

昼休み、見知らぬ女子が教室の入口にあらわれ、真優梨に向かって手をふった。

真優梨は怯《おび》えた表情で智司を見やり、そして席を立った。

昨晩、翔太は恵里香の命令に逆らい、真優梨と二発目をやっていた。真優梨も、恵里香が見ている前で翔太とつながったまま、濃厚なベロチューを見せつけていた。

その、お仕置きのための伝令だと思ったのだ。

見知らぬ女子が真優梨の耳もとでなにか囁いた。それを聞いた真優梨の美貌が赤らんだ。

お仕置きではないようだ。翔太からの伝言か。

真優梨はこちらをちらりと見て、すぐに教室を出ていった。

翔太とヤルんだ、と思った。翔太と真優梨は、恵里香の許可を得て、恵里香の前だけで、エッチすることをゆるされていた。

真優梨は処女ではなくなり、恵里香に言わせればごみ穴に落ちてしまったが、そのごみ穴に、翔太は入れたくて仕方がないのだ。

だからきっと恵里香のゆるしなく、真優梨とヤろうとしているのだ。

智司は席を立った。そして、急いで廊下に出る。真優梨が階段を降りるのが見えた。

智司は走った。一階に降りた真優梨が第三校舎へと向かうのが見えた。たぶん、第三校舎の四階に行くのだと思った。四階は生徒面談室や資料室など、ふだんはあまりひと気のないところだ。

一階に降りると、第三校舎に入っていく真優梨のうしろ姿が見える。

智司はあとをつける。どうしてあとをつけているのか。それはもちろん、恵里香様に報告するためだ。翔太が勝手に真優梨とヤッていることをチクるためだ。

これは舐めダルマとしては当たり前の行動だ。

いや、違う。智司は翔太に嫉妬していた。真優梨とヤレる。真優梨の穴にち×ぽを入れられる翔太に嫉妬していた。そもそも、翔太は恵里香の彼氏ではないのか。恵里香とヤレないからといって、真優梨とヤルなんて身勝手すぎる。

お仕置きを受ければいい。

四階にあがった。この階だけ静まり返っている。

生徒面談室がずらりと並んでいる。その奥が資料室だ。面談室のドアには上に小さな窓があり、それをひとつずつのぞいていく。するとふたつめの部屋に、ふたりがいた。

すでに翔太は制服のズボンの前からペニスだけを出し、真優梨は制服のスカートを脱ぎ、そしてパンティを脱いでいるところだった。

いきなりヤルのだ。前戯もなにもなしに、いきなり入れるのだ。とにかく、翔太は穴に入れたいのだろう。そんなに穴はいいのか。おま×こはいいのか。

真優梨が白のパンティを上履き越しに抜くと、翔太が真優梨を面談室の机に座らせた。

上半身は紺のブレザーに白のブラウスに深紅のネクタイを着けていたが、下半身は剝き出しだ。それでいて、紺のハイソックスも上履きもそのままだ。

いわば、そこだけ、あらわにしている。

真優梨がキスを欲しがる表情をしていたが、翔太はそれには応えず、右手で割れ目をなぞると、人さし指を入れていった。

真優梨のあごが反り、下半身が震える。

翔太は人さし指を奥まで入れて、おま×この具合を楽しんでいる。真優梨はずっとキスを欲しがっている。

翔太が人さし指を抜いた。爪先からつけ根まで、愛液でぬらついていた。

翔太がなにか言っている。こんなに濡らしているなんて、どういうことなんだ、と問いつめているように見える。

真優梨は恥ずかしそうにかぶりをふり、口もとに突きつけられた人さし指に、翔太の目から隠すようにぱくついた。

一気に根元まで咥え、吸っている。

翔太が顔を寄せていった。人さし指を抜くと、半開きのままの真優梨の唇を奪う。

真優梨の身体が震える。優美な頬がふくらみ、へこむ。舌を吸い合っているのだろう。

ああ、なんて顔をして、キスをするんだよ。ああ、いつからおま×こ、濡らしていたんだよ。

前戯もなにもしていなくても、ぐしょぐしょだった。翔太にヤラれることを思って濡らしながら、ここまで来たのだろうか。

唇を引いた翔太が真優梨を机からおろした。そして、見事な反り返りを見せるペニスの先端を、真優梨の剝き出しの割れ目に突きつけていった。

あっ、と思ったときには、ずぶりと入っていた。

真優梨のあごが反る。白い喉が震える。

小窓からのぞく智司の目に、翔太のペニスを呑みこんでいく真優梨の割れ目がはっきりと見えていた。

ああ、真優梨……ああ、真優梨……俺も入れたいよ。

翔太のペニスはたくましく、あんなものがずぶずぶと入っていくのが信じられない。

昨晩処女膜を破られたばかりなのに、もう嬉々としてペニスを咥えこんでいるのだ。

翔太が立ったまま、ぐぐっと埋めこんだ。

真優梨が痛みを堪えるような横顔を見せつつ、両腕を翔太の首にまわしていく。

ただ痛いだけではないことは、真優梨の表情を見ればわかる。痛いけど、うれしいのだ。

恵里香の彼氏である翔太が、自分のおま×こに入れていることが。

すぐにやめさせるべきだ。真優梨がエッチの快感を知る前に、抜かせるべきだ。

でも、智司は見入っていた。翔太に串刺しにされて痛みに耐えつつ、うっとりとしている真優梨の横顔から目を離せずにいた。

翔太はひたすら突いている。テクもなにもない。前戯も省き、ひたすら出すべく穴を突いている。自分本意すぎる、最低なエッチだ。

でも、真優梨はそれでもうれしそうなのだ。穴だけの扱いをされても、幸せそうなのだ。

ちきしょうっ。どうして俺じゃだめなんだっ。俺のほうが、翔太の数百倍、真優梨のことが好きなんだぞっ。

「ああ、出そうだっ」

翔太の声がはっきりと聞こえた。すると、

「くださいっ、翔太様のザーメン、くださいっ」

真優梨の欲しがる声もはっきりと聞こえてきた。

真優梨、どうして、こんなやつの中出しをねだるんだよっ。

「ああ、出る、出る、もう、出るっ」

翔太は勝手に入れて、勝手に出した。

「ああっ」

それでも翔太のザーメンを中で受けて、真優梨は恍惚の横顔を見せる。

腰を震わせ、たっぷりと真優梨にぶちまけた翔太がペニスを抜いた。こちらに来るかと身構えたが、違っていた。

ザーメンまみれのペニスを翔太が指さし、真優梨になにか言っている。

はやくも割れ目を閉じた真優梨はうなずき、その場に膝をつく。そして、萎えつつあるペニスにしゃぶりついていった。

ああ、お掃除フェラか……勝手に入れて、勝手に出したくせして掃除はさせるのか。

相手を思いやる気持ちの欠片《かけら》もない、最低な男だ。でも、そんな最低な男のペニスを、真優梨はうっとりとした顔でしゃぶっている。それを見て、智司は我慢汁を出している。これが現実だ。

真優梨の唾液に塗りかえられたペニスが、はやくも勃起を取りもどしてきた。どうやら、恵里香の目を盗んでの真優梨とのエッチは、異常な興奮をもたらしているようだ。

「ああ、すごいです、翔太様」

昂った真優梨の声が聞こえてくる。妖しく潤ませた瞳で、反り返りを取りもどしたペニスを見つめている。

「ケツを出せ、うしろから入れやる」

翔太の声が聞こえる。

立ちあがった真優梨が机をつかんだ。翔太に尻を向けるかたちを取り、ドアに目を向けるかたちとなった。

まずいっ、と思い、智司はとっさに顔をさげた。小窓は目の高さにあり、頭をさげれば向こうからは見えない。

目が合っただろうか。でも、ドアは開かれない。気づかれなかったようだ。

真優梨から智司の顔が見えたはずがったが、見ていないのか。いや、智司の顔なんて、ずっと見えていないのだ。

「ああっ、翔太様っ」

真優梨の甲高い声がドアの向こうから聞こえてきた。

「ああ、ああっ、ああっ」

もう肉の快感を覚えるようになったのか。智司は頭をあげて、小窓からのぞく。

すると、真優梨が立ちバックで突かれていた。翔太はポニーテールをつかみ、ぐいぐい突いていた。

「ああ、ああっ、あああっ」

真優梨は痛みと快感、両方感じるような表情を見せていた。目を閉じ、唇をずっと開いている。

「もっと上体を反らせろ」

という翔太の声が聞こえる。真優梨が言われるまま、制服に包まれた上半身をぐっと反らすと、翔太が両手を前に伸ばして、高く張ったブラウスの胸もとをつかんできた。

「あうっ、うんっ」

何度か揉むと、すぐにブラウスのボタンをはずしていく。ブラからはみ出たバストの隆起があらわれる。

翔太がずどんっと突き、ブラカップをまくる。

すると、豊満なふくらみがこぼれ出た。すでに乳首はとがりきっている。

翔太はすぐに、じかにふたつのふくらみを鷲づかみにする。こねるように揉みながら、立ちバックで突いている。

「ああ、ああっ、翔太様っ」

真優梨が目を開いた。今度こそ、目が合ったと思った。だが、真優梨はなにも表情を変えなかった。演技ではない。小窓からのぞく智司に気づいていないのだ。見えているはずだ。でも、見えていない。

「ああ、なんて締めつけだっ」

翔太は一発出した直後ということもあり、ずっと力強く、真優梨のおま×こを突きつづけている。

翔太の手で形を変えていくふたつのふくらみがたまらない。

「ああ、また出るっ、また出るぞっ、真優梨っ」

「くださいっ。真優梨、たくさん欲しいですっ」

真優梨は宙を見つめ、翔太のザーメンを欲しがる。

真優梨、ああ、真優梨っ。

智司はペニスを出してしごきたかったが、ぎりぎり我慢していた。おそらくひとしごきで暴発させてしまいそうだったからだ。

「おうっ」

と吠え、翔太がはやくも二発目を恵里香の許可なしに、真優梨の中にぶちまけた。

真優梨はイッたような顔を見せた。まさか、処女を失ってたった二日でイキはしないだろうが、恵里香の目を盗んでやるエッチは、かなりの興奮を呼んでいるように見えた。

翔太と真優梨はフィニッシュを迎えても、しばらくそのままでいた。

真優梨が上体をねじって、翔太を見あげた。すると翔太が上体を伏せ、ふたりは智司がのぞいている前で、濃厚なベロチューに耽《ふけ》った。

2

その夜、智司は恵里香の屋敷に呼ばれた。自転車で向かうと、裏手に真優梨がいた。どうやら、智司が来るのを待っていたようだ。

真優梨はコート姿だったが、裾が短めのコートからは、生の足が露出していた。

コートの下は、もしかしてなにも着ていないんじゃないか、と想像させた。

「智司くん」

真優梨が不安げな目で智司を見つめてくる。

「どうしたの、真優梨さん」

不安な理由はわかっていたが、なにも知らないふりをする。

「い、いや……別に」

「顔色がすごく悪いよ」

「そ、そうかな」

「どうしたの？　翔太様とヤレるんじゃないの。うれしいだろう。恵里香様の前でしかできないからね」

そう言うと、真優梨の身体が震えはじめる。

「あ、あの……智司くん……わ、私……」

「どうしたの？　なにかあったの？　まさか、恵里香様を裏切ってないよね」

「ううんっ、違うのっ。恵里香様を裏切るなんて、ないよっ」

真優梨は激しくかぶりをふるが、真っ青になっている。よろめき、智司にしがみついてくる。美貌が近い。

智司はキスしていた。すると、真優梨はそれを受け入れた。それどころか、ねっとりと舌をからめてきた。

処女膜を破られてからは、はじめてのキスだった。気のせいだとは思うが、唾液の味が濃くなっているように感じた。それに舌のからませかたも、いやらしかった。

俺は処女だった真優梨と、女になった真優梨とどちらが好きなのだろうか、と唾液を啜りながら考えた。

「あっ、ごめんなさい……」

真優梨は舌をからめたことを謝る。

「今夜の真優梨さん、変だよ」

「変じゃないよ。行きましょう」

裏口から中に入り、勝手口から屋敷に入る。今夜も一階に明かりは点いていなかった。父親は女のところのようだ。お嬢様も孤独なのだ。

真優梨を先頭に二階へとあがっていく。コートの裾がかなりたくしあがり、真優梨の太腿がつけ根近くまであらわれたが、相変わらず生足のままだ。スカートが見えない。

二階に着いた。真優梨はドアの前で震えている。

「やっぱり変だね、真優梨さん。まさか、翔太様と恵里香様の目を盗んで、おま×こしていないよね。中に出されていないよね」

わざとそう聞くと、

「してないわっ」

真優梨が叫ぶ。

すると、ドアが開き、

「なにをしていないのかしら、真優梨」

恵里香が聞いてきた。

「こ、こんばんは……恵里香様」

真優梨はがくがくと身体を震わせながら挨拶した。

「ああっ、止めてくださいっ、ああっ、恵里香様っ」

中から翔太の切羽詰まった声がする。止めるって、なにを。

中を見た智司は、あっ、と声をあげた。

前回同様、翔太は裸で、十二畳ほどの部屋の中央で両腕を万歳するかたちで吊りあげられていた。

前回と違うのは、ペニスがオナホールで包まれていたことだ。しかも、それは電動式のものだった。ジーと不気味な音をたてている。外からはわからないが、中で翔太のペニスを絞りあげているに違いない。

「ああっ、真優梨っ、止めてくれっ、頼むっ」

翔太が真優梨にそう言った。

真っ青なままの真優梨が窺うように、恵里香を見やる。

今夜の恵里香もニットのワンピースで抜群のボディを包んでいた。今夜もノーブラだった。形のよいバストの隆起はもちろん、乳首のぽつぽつも窺えた。

「あ、ああっ、出る、出るっ」

ううっ、とうめき、翔太が吊られた裸体をがくがくと震わせた。

「二発目ね。昼休みと合わせて、今日、四発目かしら」

と言って、恵里香が真優梨を見た。すると真優梨が、激しくかぶりをふりはじめる。

「真優梨、オナホールを最強にしてくれないかしら」

恵里香が言う。

「さ、最強……ですか」

「そう。今は強なの。強でもかなりの刺激らしいけど、たぶん、たまりまくっている翔太には最強がいいと思うの。ねえ、真優梨」

恵里香が真優梨に手を伸ばし、そろりとあごを撫であげる。

それだけで、真優梨がひいっと息を呑む。

真優梨が翔太に近寄る。

「止めてくれっ。頼むっ、真優梨っ」

翔太が訴える。吊られている身体はあぶら汗まみれになっている。相変わらず鍛えられた見事な肉体だ。

真優梨が震える指をスイッチに向ける。

「止めてくれっ、真優梨っ」

翔太が哀願する。

「あ、あの、翔太様が」

真優梨が恵里香を見る。

「翔太はすごくたまっているのよ。たまりすぎて、私の目を盗んで泥棒牝の穴に二発も出したみたいなの」

「ち、違いますっ。違うんですっ」

「真優梨っ、黙ってろっ」

「なにが、違うのかしら」

ごめんなさいっ、と言って、真優梨はスイッチを最強にした。ぶぅぅーんと物凄い振動音が鳴りはじめる。

「なんか、すごいらしいの。私、おち×ぽないからわからないけどね」

恵里香が笑う。でも翔太を、真優梨を見つめる目は笑っていない。

「あ、ああっ、ああっ、ち×ぽがっ、ああ、ち×ぽがっ」

出る出るっ、と叫び、翔太が吊られた身体をがくがくと震わせる。

「はい。三発目ね。昼間の二発と合わせて五発ね」

歌うように言うと、恵里香が翔太に迫る。

「ああ、ゆるしてくれっ。ああ、ゆるしてくださいっ、恵里香様っ」

「なにをゆるすのかしら」

「わからないっ。でも、ゆるしてくれっ」

「わからないことはないでしょう。ねえ、智司」

恵里香が智司を見つめる。

その目を見て、翔太と真優梨がはっとした表情になる。

「智司くん……」

真優梨が、あなたがチクったのね、という目で見つめてくる。

恵里香が翔太の垂れ袋を手で包む。

「まだまだたくさんたまっているようね。たまっているから、ごみの穴にも出したくなるのよ。そうでしょう、翔太」

「ゆるしてくださいっ」

恵里香は電動オナホールをつかむと、前後に動かしはじめる。

「あ、ああっ、ああっ」

電動で動いているうえに、恵里香の手による前後の責めが加わり、翔太は錯乱する。

「ああ、ああっ、ああ、ち×ぽが、ち×ぽがっ」

「ち×ぽが、なにかしら」

「あ、ああっ、あああっ、出る、出るっ……イクイクっ」

翔太は女のような声をあげて、腰をぴくぴく動かした。

「はい、四発目。昼間と合わせて、六発目ね」

凄まじい責めに、智司も圧倒されている。

恵里香が電動オナホールから手を放した。だが、刺激は最強のままだ。

「智司、あなたにご褒美をあげるわ」

恵里香が言う。

「ご、ご褒美、ですか……」

真優梨が、私を売ったのね、という軽蔑の目を向けている。

「そう。真優梨の穴に入れていいわよ」

恵里香が言った。

「えっ」

智司と真優梨が同時に声をあげる。

「あなた、真優梨が大好きなんでしょう。もう、ごみ穴になってしまったけど、それでもいいわよね。翔太のように入れたいわよね。昼休みでも入れたいわよね」

「い、入れたい……入れたいです」

智司は真優梨を見つめる。真優梨とヤレる。数分後には、俺のち×ぽが真優梨の中に入っている。

「真優梨、入口を出して」

恵里香が言う。真優梨はコートを着たままだ。

「さあ、はやく」

真優梨はかぶりをふっている。

「あら、智司のち×ぽは、いやなのかしら。翔太のち×ぽは昼休みでも喜んで入れさせるのに」

「ごめんなさいっ」

と叫ぶと、真優梨はコートを脱いだ。いきなり裸体があらわれ、智司は目を見張る。恵里香に素っ裸で来るようにと言われていたようだ。

全裸になると、真優梨はすぐさま、恵里香の足下に両膝をついた。

「どうか、おゆるしくださいませっ、恵里香様っ」

と叫び、額をカーペットが敷かれた床にこすりつける。

すると恵里香がニットワンピースから伸びた足で、真優梨の後頭部を踏んだ。ぐりぐりとこすりつける。

「ゆるしてくださいっ」

「ごみ穴の分際で、私の彼氏のザーメンを勝手に絞り取ったわね、真優梨」

「申し訳ございませんっ」

「ゆるしてくだいっ、恵里香様っ」

電動オナホールでち×ぽを責めつづけられている翔太が叫ぶ。全身があぶらを塗ったようにぬらぬらになっている。

電動オナホールは翔太の股間から落ちない。ということは、連続で四発も抜かれてもなお、ペニスは勃起しているのだ。

3

「智司、ち×ぽを出して」

はいっ、と智司はコートを脱ぐと、ジーンズとブリーフをいっしょにさげる。はじけるようにペニスがあらわれる。すでに先端は我慢汁で白く汚れている。それを見て、恵里香が軽蔑したように笑う。

「あなた、いつも我慢汁を出しているわね。授業中も、真優梨のうなじを見て、我慢汁を出しているんじゃないの」

冗談っぽく、恵里香が言った。智司はそれに、

「はい」

と答え、えっ、と真優梨が智司を見る。ポニーテールが揺れる。

「あら、本当に授業中も我慢しているのね。童貞って、いつも我慢汁を出しているのね。翔太もそうだったのかしら。このごみ穴に入れる前は」

恵里香が翔太に聞く。

「う、うう……俺は、智司とは違う……我慢汁なんか、出さないよ……ああ、恵里香様っ、勝手にごみ穴に出したことは謝るからっ、どうか止めてくれないかっ」

ごみ穴と翔太に言われ、真優梨は泣きそうな表情を浮かべる。恵里香に言われるのは仕方ないにしても、翔太にはごみ扱いされたくはないだろう。しかも、翔太が昼休みに誘って、真優梨に入れてきたのだ。

「うそつきっ」

恵里香が翔太にビンタを見舞う。ひいっ、と真優梨が、自分が張られたみたいに息を呑む。

「我慢できなくなったから、真優梨の穴に出したんでしょう」

そう言いながら、恵里香はぱんぱんっと翔太にビンタを張る。翔太は、ううっ、とうめきつつ、腰をくねらせる。

まさか、ビンタに感じているのか。ずっとち×ぽを絞りあげられて、どんな刺激にも身体が反応するようになっているのだろうか。

「真優梨、四つん這いになりさない」

恵里香が命じる。真優梨は恨めしげに智司を見やり、そして四つん這いのかたちをとっていく。

ぷりっと張ったヒップが、智司に向かってさしあげられてくると、さらにどろりと我慢汁を出してしまう。

「いいわ。入れなさい」

「あ、ありがとう、ございます、恵里香様」

思わず、恵里香に礼を言う。恵里香の舐めダルマにならなかったら、真優梨相手に童貞を卒業するなんて、ぜったいなかったことだ。

最低の地位に落ちていたが、ち×ぽを真優梨のおま×こに入れることができるのだ。

智司は真優梨の尻たぼに手を置いた。それだけで身体が感激で震える。

手のひらに真優梨の尻がぴたっと貼りついてくる。

「ああ、真優梨さん」

智司は思わず尻たぼを撫でていた。

「い、いや……」

真優梨のヒップが逃げるように動く。

「どうしてだいっ、真優梨さんっ」

「チクる男なんて、最低よっ」

真優梨が叫ぶ。

するると、恵里香が真優梨の美貌の前にしゃがみ、ぱしっと平手を見舞った。

「あうっ……」

真優梨の美貌が真横に動く。

「泥棒牝のくせして、なにを言っているのかしら。最低なのは、おまえでしょう。舐めダルマを非難するなんて、八つ当たりだわ」

と言って、ぱんぱんっと真優梨の頬を張りつづける。

そうだ。チクった俺を責めるのは八つ当たりだっ。俺に代わって真優梨にビンタを張る恵里香を、智司は尊敬の目で見つめてしまう。

「なにしているの、智司。ほらっ、入れなさい。はやく童貞を卒業しなさい」

「はいっ、恵里香様っ」

智司は真優梨の尻たぼを開いていく。すると、尻の穴が最初に目に飛びこんできた。

一瞬、それが尻の穴だとはわからなかった。ひっそりと息づいている蕾は、菊の蕾のようだったからだ。

その下にすうっと通った割れ目がある。昼休みに、ぱくっと開き、翔太のペニスを呑みこんでいた割れ目だ。

智司はそこに我慢汁だらけの鎌首を当てる。

「い、いや……」

　また、真優梨が逃げるようにヒップを動かす。すると、ぱんぱんっと真優梨の美貌が張られる。

「ごみの分際で逃げるの、真優梨」

「ごめんなさいっ、恵里香様っ」

　真優梨が鎌首にヒップを押しつけてくる。

　智司はあらためて、割れ目に鎌首を当てていく。するとまた、

「いやっ」

　真優梨がヒップをわきに動かす。

「じっとしてろっ」

　智司も思わず、ぱしっと尻たぼを張っていた。すると、

「ごめんなさいっ」

　真優梨が智司に謝り、ヒップを戻してくる。

「あら、舐めダルマの分際でやるじゃないの、智司」

　恵里香が感心したような目を智司に向けてくる。恵里香に褒められ、智司のペニスの角度があがる。

「動くなよ、ごみ穴」

思わず、そう言う。真優梨は、うう、と屈辱のうめきを洩らし、恵里香は、あら、とうれしそうな顔をする。

智司は鎌首をぐっと割れ目にめりこませようとした。だが、入らない。

もう一度、めりこませようとする。だが、また入らない。

すると、恵里香がこちらにまわってきて、智司のペニスを白くて細い指でつかんできた。

「あっ、恵里香様っ」

たったそれだけで、智司は身体を震わせる。どろりと大量の我慢汁が出て、真優梨の割れ目を白く汚す。

「このまま突くのよ、智司」

「ああ、ありがとうございますっ」

恵里香のナビゲートで、童貞を卒業できるなんて……。

智司は感激に胸を震わせつつ、腰を突き出していく。

すると、先端が穴にめりこんだ。

「あっ、入ったっ」

思わず叫ぶ。そのままえぐっていく。

「あう、うう……」

真優梨の穴は極狭だった。はじめて入れるのだから、ほかのおま×こと比べようがなかったが、間違いなく極狭だと思った。

でも、押し返されることはなかった。ぐっとめりこませると、迎え入れてくる。

鎌首全体におんなの粘膜が吸いつき、締めあげる。

「ああ、すごいっ、おま×こ、すごいよっ」

智司は叫ぶ。

「あら、そんなにいいのかしら」

まだ先端しか入っていないが、智司はすでに暴発しそうになっていた。口の粘膜とは比較にならないくらい、おま×このほうが気持ちいい。

なにより、生きていた。締めつつ、蠢《うごめ》いていた。

「もっと入れなさい」

恵里香がぱんっと智司の尻を張ってくる。

あうっ、とうめきつつ、智司はぐぐっと埋めこんでいく。

「あ、ああ……大きい……大きいの……」

「えっ、翔太様より大きいかいっ」

思わず聞く。

「ああ、大きい……ああ、智司くんのおち×ぽ……ああ、なんか、すごいのっ」

見た感じは、翔太のペニスも智司のペニスもたいして変わらないようだが、微妙にえぐる角度が違っていて、智司のち×ぽのほうが、よりたくましく感じるのかもしれない。それとも、この異常な状況に真優梨の身体が燃えているのか。

真優梨のおま×こと智司のち×ぽの相性がいいということか。

「そうかいっ。俺のち×ぽ、翔太様よりすごいかっ」

大声をあげる。

翔太は相変わらず電動オナホールでち×ぽを締めあげられて、うめいている。

智司はついに、ペニスを真優梨の中に埋めこんだ。

ああ、これがおま×こ。しかも、ただのおま×こではない。まだ男を二人しか知らない、ＪＫ美少女のおま×こなのだ。

こんな幸運、たぶん人生で二度とないだろう。

智司は一秒でも長く味わっていたくて、入れたまま動かさずにいた。だが、そんなぬるいことをゆるしてくれる恵里香ではない。

「なにしているのっ。突きなさい、突いて、すぐに中出ししなさいっ、智司」

恵里香がぱんぱんっと尻たぼを張ってくる。

「あうっ、恵里香様っ」

智司は抜き差しをはじめる。極狭の穴を前後させるだけで、もう出そうになる。すると、突く動きが鈍る。

「突きなさいっ」

恵里香が馬の尻を張るように、ぱしぱしっと急《せ》かしてくる。

「ああっ、恵里香様っ」

恵里香に尻を張られるのは、屈辱ではなかった。むしろ張られるたびに、股間が痺れた。ますます出そうになる。

「あ、ああっ、出ますっ、もう、出ますっ」

「いいのよっ。ごみ穴に中出ししなさい」

「あっ、ああっ、出る、出る、イクイクっ」

女のような声をあげて、智司は真優梨の中に童貞ザーメンをぶちまけた。

「あうっ、うう……」

真優梨の背中がぐっと反り、ペニスを呑んだヒップをぶるぶると震わせる。華奢な背中はしっとりと汗ばみ、甘い体臭が立ちのぼっている。

「あ、ああ、ああっ」

脈動はなかなか収まらず、智司は腰をふりつづける。

脈動するペニスを、真優梨のおま×こがきゅきゅっと締めあげてきている。出しつつも、次の勃起へとつながる刺激を受ける。

「ああ……」

智司はつながったまま上体を倒し、真優梨の背中に重なる。真優梨は体重を支えきれず、腕を折って突っ伏した。

4

おんなの穴からペニスが抜ける。真優梨の穴からどろりと大量のザーメンがあふれてくる。

エッチしたんだっ。中出ししたんだっ。

でも、あまりに短くて、あっという間で、真優梨とヤッたという満足感は薄かった。

たぶん、バックでヤッたからだ。やはり、最初は正常位ではないのか。キスしながら、抱き合って出すものではないのか。

でも、智司と真優梨は恋人同士ではない。これは、真優梨にとってはいわば罰ゲームなのだ。罰エッチなのだ。

「もう終わりかしら、智司」

「えっ、また、入れていいんですかっ、恵里香様っ」

「いいわよ。これくらいで、童貞卒業した気にならないでしょう」

「なりませんっ、なりませんっ。もっと入れたいですっ、恵里香様っ」

智司は恵里香に向かってそう言う。真優梨の気持ちは誰も聞いていない。

「あ、ああっ、また、また出そうだっ。ああ、止めてくれっ、真優梨っ、はやく止めてくれっ」

翔太の声に、うつ伏せになっていた真優梨が起きあがった。

「ああっ、翔太様っ、顔色が悪いですっ」

真優梨が腰をうねらせている翔太に近寄る。

「止めてくれっ、はやくっ」

はい、と真優梨がオナホールに手を伸ばす。その手を智司は背後からつかんだ。

「えっ、なにするのっ」

「なにするのじゃないだろう、真優梨。恵里香様の許可なく、勝手なまねはゆるされないんだよ」

智司はいきなり、真優梨を呼び捨てにしていた。一発ヤッただけで、自分の女扱いにしている。

端からこんな智司を見たら、これだからモテない野郎は、と智司は笑うだろう。そんな行動を、まさに智司は取っていた。

「止めてくれっ、ああ、出そうだっ」

「翔太様っ」

真優梨が左手を伸ばす。だが、それも智司がつかみ、ねじあげていく。

「放してっ」

「また、恵里香様を裏切るつもりかい、真優梨」

呼び捨てにするたびに、出したばかりのペニスがひくつく。

「あ、ああっ、出る、出る、イクイク、イクうっ」

またも女のような声をあげて、翔太はオナホールに射精させた。オナホールに五発目、本日七発目を出していた。

「ああ、翔太様」

智司に羽交い締めにされたまま、真優梨が呆然と翔太を見つめる。

「すごいわね。もうオナホールの中がぐちょぐちょなんじゃないのかしら。真優梨、オナホールをきれいにしてあげて」

恵里香が言った。これで止めることができると思ったのか、真優梨は、はいっ、と返事をして、翔太の股間に手を伸ばす。

不気味な振動音が聞こえる。真優梨はスイッチをオフにした。

「なにしているの。動かしたまま抜くのよ」

「えっ、そんなことしたら、また……」

「もう五発も出しているのよ。簡単には出さないわよ。ねえ、翔太」

恵里香が翔太に近寄り、はあはあ、と荒い息を吐くあぶら汗まみれの顔を撫ではじめる。

「あ、ああ、恵里香様」

翔太が恵里香を見つめる。これほどまでのお仕置きを受けつつも、翔太は恵里香に魅入られている。

そんな翔太を悲しそうに見つめつつ、真優梨は電動刺激を最強に戻し、オナホールをペニスから抜いていく。

「あ、ああっ、ああっ」

あらたな刺激に翔太が、吊られた身体をがくがくと震わせる。

オナホールが抜けた。開いた口から大量のザーメンがこぼれ出る。

「なにしているのっ、カーペットに垂れているじゃないっ」

「すみませんっ。なにか拭くものはないですか」

「あなたの舌で掃除しなさい。ぜんぶ舐めるのよ」

カーペットがザーメンで汚れている。

「は、はい……」

真優梨は口を上に向けたオナホールを持ったまま、その場に膝をつくと、美貌をさげていく。そして、ザーメンを舐めはじめた。

「もっと勃つでしょう、翔太」

と言って、恵里香が右手の指先で乳首をなぞり、左手の指先で裏筋を指先でなぞりはじめる。

「あっ、ああ……」

さらに恵里香はキスしていった。

「う、うんっ、うっんっ」

濃厚なキスになり、萎えかけていたペニスがぐぐっと力を帯びてくる。

真優梨はカーペットに垂れたザーメンを舐め取りつつ、ベロチューを続ける翔太を恨めしげに見あげる。

「どう、私の唾は？」

「ああ、おいしいですっ、おいしいですっ、恵里香様っ。もっとくださいっ、唾をください っ」

「そうしたら、また勃つわよ。勃ったら、しごくわよ、いいの」

「いいですっ。恵里香様のために、出しますっ。袋がからからになるまで、懺悔の射精を続けますっ」

ペニスをひくつかせ、翔太がそう叫ぶ。

恵里香がふたたび、キスをしかける。翔太は恍惚の表情を見せて、恵里香の唾液を受けていた。

「なにしているんだい、真優梨」

智司が聞く。

「えっ……」

「それ、飲むんだよ。ぜんぶ飲んで、そして中を舐めてきれいにするんだよ、真優梨」

呼び捨てにするたびに、智司のペニスがひくつく。

おまえのおま×こは俺のものだ、真優梨。俺が出して出して出しまくるんだ。

たったいちど入れて出しただけなのに、すごく真優梨をそばに感じた。やはり、エッチをするしないは大きいと感じた。

翔太も真優梨とヤッて、真優梨のおま×こしか考えられなくなったのではないのか。

智司はすでに、真優梨のおま×このことしか頭にない。真優梨とヤレるのなら、恵里香の忠実な牡となる。

「どうしたんだい。飲むんだよ、真優梨。オナホールをきれいにするのは、恵里香様の言いつけなんだよ」

舐めダルマの分際のくせして、たったいちど真優梨とヤッただけで、智司は強く出るようになっていた。

「は、はい……」

真優梨はうなずいた。そして、オナホールの口を傾けた。どろりと大量のザーメンが出てくる。それが、真優梨の開いた口めがけて垂れていく。

五発分のザーメンが、どろりどろりと真優梨の口に入っていく。

「恵里香様っ、もっと唾をくださいっ」

そんな真優梨のそばで、翔太は恵里香の唾液を欲しがっている。

恵里香がまた翔太と唇を重ねる。翔太がうんうんうなりつつ、恵里香の唾液を飲んでいる。ペニスがぐぐっと太くなっていく。

真優梨がオナホールにたまったザーメンを喉で受けた。

「飲むんだよ、真優梨」

智司が言うと、真優梨がごくんと白い喉を動かした。

その間に、翔太のペニスは完全に勃起を取りもどしていた。

「ああ、入れたい。ごみ穴じゃなくて、恵里香様に入れたい。ああ、入れさせてくださいっ、恵里香様っ」

「私の目を盗んでごみ穴に出した分際で、なに生意気なこと言っているのっ」

恵里香が翔太から離れる。そして、オナホールを貸しなさい、と言う。

「中をきれいにしていません。すぐにしますからっ」

と言うなり、真優梨が舌を出し、オナホールの中を舐めはじめた。そして、中のザーメンも舐め取ると、どうぞ、と恵里香にわたそうとする。

「あなたが、かぶせてあげて、真優梨」

恵里香が言う。真優梨は、はい、と返事をして、翔太に迫る。

「ああ、もう、それはいいっ。それはいいんだよ、真優梨っ」

「身体で恵里香様にお詫びしないと。まだ、詫び足りないです、翔太様」

と言うなり、オナホールを反り返ったペニスにかぶせ、いきなり最強で動かしはじめた。

「あ、ああっ、やめてくれっ」

翔太ががくがくと、吊られた身体を震わせる。

「翔太様が、恵里香様の唾で大きくさせたからいけないんです。そうでしょう。唾だけで、あんなに大きくさせるなんて」

と言いながら、最強の刺激を送っているオナホールを、真優梨が上下に動かしはじめた。

「あ、ああっ、やめろっ、やめろっ。ち×ぽがっ、ああ、ち×ぽがっ、壊れるっ」

「そんなに恵里香様が好きなんですか。真優梨はごみ穴なんですか」

嫉妬で燃えた目で見あげつつ、オナホールを動かしつづける。

「やめてくれっ。あ、ああっ、ち×ぽが、ち×ぽがっ」

翔太の裸体に瞬く間に、あらたなあぶら汗が浮かぶ。翔太は半泣きの状態になっている。

「あら、智司、もうそんなに大きくさせたの」

ソファに座った恵里香が、智司の股間を見てそう言った。

智司のペニスはびんびんになっていた。なにを見て、なにを感じて、こうなったのかもうわからない。

オナホールから出てくるザーメンを飲む真優梨を見て昂ったのか、翔太とキスする恵里香を見て興奮したのか、それとも嫉妬にかられて、翔太を責める真優梨を見て昂ったのか。

もしかして、ずっと責められて射精しつづけている翔太を見て、興奮しているのかもしれない。

「入れていいわよ」

恵里香が言う。

「えっ」

「真優梨に入れたいんでしょう。一発じゃ、だめなんでしょう」

「だめです。一発じゃ、ぜんぜん、だめです」

智司は翔太をオナホールで責めつづける真優梨の背後に立った。尻たぼを開き、鎌首を狭間に向けていく。

またバックになったが、とにかく無性に入れたかった。

こちこちに勃起したち×ぽを立ちバックのかたちで入れていく。すると、今度は一発でずぶりとめりこんでいった。

「あうっ、うう……」

真優梨は逃げなかった。智司に立ちバックで入れられながらも、翔太へのオナホール責めを続けている。

「あ、ああっ、やめてくれっ、俺もおま×こに入れさせてくれっ、真優梨っ」

「あ、ああ、真優梨のごみ穴は今……ああ、智司くんのち×ぽで……ああ、塞がっています……ああ、ごみ穴なんて、いやでしょう。恵里香様に入れたいんでしょう、翔太様」

そう聞きつつ、さらに激しくオナホールを動かしていく。

「う、ううっ、やめろっ」

翔太がうめく。

智司は奥まで突き刺した。こちらはおもちゃではなく、生身のおま×こだ。美少女のおま×こだ。

イケメン生徒会長がオナホールで悶えているそばで、この俺が、モテないくんが、美少女のおま×こに入れているのだ。

「うふふ、いい気味だわ」

恵里香がうれしそうに笑っている。

そうだ。いい気味だ。舐めダルマの下剋上だっ。

「ああっ、大きくなったの……ううっ、真優梨の中で……ああ、智司くんのおち×ぽ……ああ、すごく大きくなったの」

イケメンがおもちゃ、俺が生身のおま×こ、それだけで智司は異常な興奮を覚えていた。真優梨の中でち×ぽが倍になったような気がする。

「はやく、突くのよ、智司っ」

恵里香が身を乗り出し、ぱんっと智司の尻たぼを張る。智司は思わず、あんっ、と女のような声をあげて、真優梨を立ちバックで突きはじめる。

ぶちまけたままのザーメンが潤滑油になっているのか、ぐいぐい抜き差しすることができた。

「う、ううっ、ううっ……大きい、大きいのっ」

激しく動かれ、よりたくましく感じているのだろう。

ち×ぽで真優梨を感じさせるということに、智司は快感を覚える。指でも舌でもなく、勃起したち×ぽ一本で真優梨を自由自在に操っているのだ。

ずどんと突けば、ううっ、と尻を震わせる。女になったばかりの粘膜が、きゅきゅっと動く。

たまらないっ。おま×こはオナニーの何千倍、何万倍、いや、何億倍も気持ちいい。

感覚的な気持ちよさはもちろんだったが、精神的な快感が物凄かった。

「ああ、やめてくれっ。もう動かさないでくれっ」

真優梨は智司に突かれるたびに、ぐいっとオナホールを動かしていた。強烈な、休みがまったくない刺激に、翔太はがくがくと腰を震わせている。

両腕を吊られていなかったら、とっくに腰を抜かして崩れていただろう。

「真優梨、翔太をもっとイカせなさいっ」

はい、と真優梨はさらにオナホールを激しく動かす。

「あ、ああっ、また、また出そうだっ」

「ああ、ああ、僕も、僕もまた出そうですっ」

翔太に続いて、智司も叫ぶ。

「いっしょに出しなさい」

恵里香が言う。

「いやだっ、いっしょはいやだっ。俺もおま×こにっ、真優梨のおま×こに出したいっ。出させてくれっ」

だめだ。真優梨のおま×こには、俺様が出すんだ。おまえは、オナホールに出すのがお似合いだぞっ。

智司は身悶える翔太を見ながら、フィニッシュへと向かっていく。

「ああ、出る、出るっ、もうだめだっ」

翔太が叫ぶと同時に、智司も、

「出ますっ、ああ、出る出る、イクイクっ」

と叫んだ。

翔太がオナホールに、智司が真優梨のおま×こに、それぞれザーメンをぶちまけた。

「あうっ、うう……」

立ちバックで二発目を出された真優梨も制服姿の肢体を震わせる。

智司は真優梨の中でペニスを脈動させつつ、真優梨のポニーテールをつかんだ。ぐうっと引いてこちらを向かせる。

真優梨は美貌を上気させていた。そのやけに大人びた表情を見て、脈動を激しくさせた。

ザーメンの勢いを感じたのか、真優梨が智司を見つめつつ、あんっ、と声をあげた。

智司は真優梨に中出しを続けつつ、あごを摘まむと唇を奪った。舌をぬらりと入れると、真優梨は応えるように舌をからめてきた。

右手ではオナホールを動かしながら、左手で智司の腕をつかんできた。

「うんっ、うっんっ、うんっ」

射精しつつのベロチューは、智司の脳髄まで焦がしていった。

第六章　昼休みの密室

1

智司は真優梨のおま×このことしか考えられなくなっていた。

今朝、目覚めた瞬間、真優梨に入れているときのことを思い出し、すぐに暴発させていた。目覚めの一発をブリーフに出していた。

教室に入り、真優梨の制服姿が目に入った瞬間、すぐに勃起させていた。

今日も真優梨はポニーテールにしていた。智司がうなじを凝視していると知っていて、ポニーテールにしていた。

授業中、真優梨のうなじを見て、我慢汁を出していることを知っていて、うなじをさらしていた。

これはどういうことだろうか。なにかのサインなのか。

今も、すでに我慢汁を出している。これまでは童貞だから、うなじを見ただけで我慢汁を出していると思っていたが、違っていた。童貞を卒業しても同じだった。

真優梨と肉の関係を持っていることで、リアルにおま×こを想像できて、よけい我慢汁が出てしまっていた。

ヤリたい。すぐにでも、真優梨とヤリたい。

あの熱いおま×こに、ち×ぽを包まれたいと思った。

恵里香の言いつけに逆らい、昼休みに真優梨とヤッた翔太の気持ちが痛いくらいわかった。昨日は、なんて野郎だと思ってチクったが、おま×こを知ってしまった男としては普通の行動だとわかった。

それくらい、真優梨のおま×こ、中出しの快感は強烈だった。

今も、朝一で射精したにもかかわらず、真優梨のうなじを見ているだけで、おま×こを想像し、また暴発しそうになっている。

ヤリたい。昼休みに、ヤリたい。

でも、だめだ。恵里香の舐めダルマが、ごみ穴とはいえ、勝手に真優梨に入れて出すなんて、ぜったいだめだ。

いや、そうだろうか。翔太は恵里香の彼氏だから、射精は恵里香の支配下にある。でも、俺は彼氏ではない。舐めダルマだ。舐めダルマが誰のおま×こに出そうと、恵里香にとってはどうでもいいことではないのか。

そういえば、恵里香は昨晩の帰り際、射精について、智司になにも言っていなかった。翔太には勝手にごみ穴に出したら、次は一日中オナホールを装着させると言っていた。

ヤッてもいい。真優梨の中に入れてもいいんだっ。

智司は授業中、ずっとペニスをひくつかせていた。

だが、それだけだった。入れてもいいんだと思って、ひとりで興奮しているだけだった。やはり恵里香が怖くて、真優梨を誘うなんてできなかった。

四時限目が終わり、昼休みとなった。すると真優梨がふり向き、メモをわたしてきた。

それを見て、智司は目を見開いた。驚き、前を見たときには、真優梨はすでに弁当箱を持って、いつもいっしょにいる女子たちのところに向かっていた。

そんな真優梨を、智司は驚きの目で見つめる。

――第三校舎の四階の生徒面談室に来て。話があります。

メモにはそう書いてあった。真優梨らしい、とてもきれいな文字だった。

そもそも、ヤルために、真優梨を昼休みに誘うと思っていて、できなかったのだ。

まさか、真優梨のほうから誘ってくるとは。

でも、智司とヤルためではないだろう。話とはなんだろうか。

もしかして、罠か。翔太が待っていて、ボコボコにされるのか。翔太は昨夜、オナホールで六発抜かれて、死人のような顔をしていた。

わからない。でも、智司は生徒面談室に行くことにした。罠でもいい。真優梨がこうして、会いたいと誘ってきたのだから。

緊張して、弁当はほとんど喉を通らなかった。真優梨のほうは、仲よし女子四人とはしゃぎながら弁当を食べている。

やっぱり、おとといまでの真優梨とは違う。そう見えてしまうというより、やはり処女ＪＫではなかった。男を知った、エッチを知ったＪＫだ。

智司は席を立った。先に教室を出て、生徒面談室へと向かう。自然と駆け足になる。

真優梨はまだ教室にいるのに、急いでしまう。

四階に着いた。昨日同様、ひっそりとしている。生徒面談室を小窓からのぞいてまわる。翔太がいるかもしれないと思ったからだ。

翔太の姿はなかったが、あとから来るかもしれない。

智司は昨日、翔太と真優梨がヤッていた同じ面談室に入る。

それだけで、智司は勃起する。真優梨は話だけするつもりだろうけど、真優梨とのおま×こしか考えられず、しごきたくなる。

それを我慢していると、小窓に真優梨の美貌が見えた。

ドアを開き、中に入ってくる。

「翔太様は？」

「ううん。私、ひとりよ」

本当かどうか知らないが、とりあえず真優梨とふたりきりだ。

話って、と聞く前に、真優梨が机をまわって智司に迫ってきた。そして、すうっと美貌を寄せてくる。

えっ、と思ったときには、真優梨の唇が智司の口に重なっていた。舌先で口を突かれ、開くと、ぬらりと入ってくる。

えっ、どうして、真優梨から……。

ねっとりと舌をからめられ、それだけでもう智司は骨抜きになる。幸せいっぱいとなる。

真優梨は唾液をからめつつ、智司の右手をつかむと、制服の胸もとに導いていった。白のブラウスを高く盛りあげているバストを、智司はつかんだ。

はあっ、と火の息が吹きこまれる。

「ああ、真優梨さんっ、どうしたんだいっ」

それには答えず、真優梨はふたたびキスしてくる。どろりと甘い唾液を流しこんでくる。智司はそれを飲みつつ、ブラウスの隆起を揉んだ。

「う、うう……」

真優梨がぶるっと上半身を震わせ、そして唇を引いた。

「話があるんじゃなかったのかい」

智司はドアのほうを見た。翔太がいつ乗りこんでくるのか、気が気でないからだ。

「翔太様は来ないわ」

そう言うと、真優梨はその場にひざまずいていった。椅子に座っている智司の足下に片膝をつくと、学生ズボンの股間に手を伸ばしてきた。

もっこりとしている部分を、すうっと撫であげてくる。それだけで股間がぞくぞくとして、智司は腰をくねらせてしまう。

「どうしたんだい、真優梨さん」

智司の問いには答えず、真優梨は学生ズボンのベルトを緩めると、ブリーフといっしょにさげていった。

真優梨の小鼻をたたくようにして、びんびんのペニスがあらわれる。当然のこと、先端は我慢汁で汚れていた。

それを目にした真優梨はまったくためらうことなく、むしろ当然のように舌をのぞかせ、舐めてきた。

「あっ、真優梨さんっ」

ぞくぞくとした刺激に、智司は腰を震わせる。真優梨のフェラははじめてではなかったが、あのときは恵里香の命令だった。だが、今は違う。どういう理由かわからないが、真優梨が自分から進んで智司の鎌首を舐めていた。

いったんきれいになったが、すぐに鈴口からどろりとあらたな我慢汁が出てくる。

「童貞じゃなくなっても、たくさん出てくるのね」

真優梨が言った。

「そうだね。出てくるね、あ、あの、どうして、こんなことを」

「したいから……」

と言って、鈴口に唇を押しつけ、ちゅうっと吸ってくる。

「あ、ああっ」

智司は腰をくねらせつづける。

「し、したいからって……僕のち×ぽを……ああ、舐めたいってこと」

「そう」

あっさりと言う。でも、そのあっさりとした言い方が気になる。どう考えても、智司が好きだから、舐めている感じではない。

もしかして、盗撮っ。

智司はまわりを見あげたが、隠しカメラらしきものは見当たらない。というか、わからないから隠しカメラであって、すぐにわかったら意味がない。

「盗撮じゃないから……」

と言って、真優梨が智司を見あげる。

「ここが、気持ちいいのかな」

と問いつつ、裏筋をぺろぺろと舐めあげる。

「あっ、ああ、そこだよ、そこ……」

智司はさらに腰をくねらせ、あらたな我慢汁を出す。とにかく、真優梨のフェラがエロかった。真優梨は制服を着たままだ。そして、こちらを美しい瞳で見あげている。見あげつつ、ぺろぺろと舐めている。

「したいって、真優梨さん、こんなこと……ああ、本当にしたいの？」

なにか裏があると思った。真優梨が俺のことが好きになって、どうしてもしゃぶりたくなったなんて信じられない。

「ああ、したいよ」

そう言うと、真優梨は唇を開き、ぱくっと先端を咥えてきた。くびれで強く吸い、そのまま胴体へと唇を滑らせてくる。

「あ、ああ……」

智司はうめきつつ、ドアを見る。翔太がのぞいているんじゃないか、恵里香がのぞいているんじゃないか、と思ってしまう。

でも、誰もいない。昼休みの密室に、クラス一の美少女とふたりきりだ。

「うんっ、うっんっ」

真優梨が悩ましいうめき声をあげつつ、美貌を上下に動かしはじめた。めくれた唇を、びんびんの胴体が出入りする。

「あ、ああ……ああ……」

思わず出そうになるが、智司は懸命に我慢する。もしかしたら、ヤレるかもと思ってからだ。

「うん、うんっ、うっんっ」

真優梨はこのまま口で抜こうとしているように感じた。

智司は腰を引いた。真優梨の唇から唾液まみれのペニスが抜けて、上下に跳ねた。

2

立ちあがった真優梨が、スカートの中に手を入れた。

「な、なにを……」

目を見張るなか、真優梨が白のパンティをさげて、上履きから脱いでいった。

そして、椅子に座ったままの智司の腰を跨いできた。

「えっ、真優梨さんっ、えっ」

瞬く間に、先端が燃えるような粘膜に包まれた。あれよあれよと、ペニスぜんぶが真優梨のおま×こに包まれる。

「あう、大きい……」

気がついたときには、対面座位でつながっていた。

エッチって、とてもあっさりとできることを知る。男がち×ぽを出し、女がパンティを脱いで穴を出せば、すぐに結合できるのだ。

できるかも、と思って、フェラを中断させたが、すぐにできてしまい、智司は面食らっていた。

真優梨が両腕を智司の首にまわし、腰を動かしはじめる。

「あう、うう……」

腰のうねりはぎこちない。ぎこちないが、気持ちいい。おま×こ全体で、智司のペニスを上から下まで締めつけている。

「あ、ああ、したかったの……智司くんとしたかったの」

これがイケメンのモテ男であれば、またか、と思うだろうが、モテない歴が年齢の智司はにわかに信じることができなかった。

なにかある。なにか企《たくら》んでいて、智司に身を投げ出している。きっとそうだ。でも、なにかって、なんだ。

真優梨が腰を動かしつつ、キスしてきた。下の唇と上の唇、どちらもいっしょに重なる。

「う、うう、うう」

火の息が吹きこまれる。

智司も腰を上下させはじめた。締めてくる粘膜を下からえぐりあげていく。

「あうっ、ううんっ」

真優梨が首を反らせ、火の息を吐く。眉間に深い縦皺が刻まれている。まだ痛そうに見えるが、感じているようにも見える。

「どうだい、真優梨さん」

思わず聞いてしまう。

「あ、ああ、気持ちいいよ……ああ、智司くんのおち×ぽ……ああ、気持ちいいよ」

しっかりと智司を見つめ、真優梨がそう言う。なにか企んでいるなら、これもおべんちゃらだろう。でも、おべんちゃらでもうれしかった。真優梨に、気持ちいいよ、と言われてうれしかった。

「ああ、智司くんは、どう?」

少しはにかみつつ、真優梨が聞く。大胆に真優梨のほうからつながりながら、はにかむ表情がたまらない。

「気持ちいいよっ。最高だよっ、真優梨さんっ」

「ああ、真優梨って呼んで。昨日みたいに、呼び捨てにして、智司くんっ」

そう言うと、真優梨も腰を上下に動かしはじめる。

「ああっ、それっ、出そうになるよっ」

智司は腰の動きを止めた。真優梨の上下動だけで充分だからだ。すると、

「あんっ、止めないでっ、ああ、たくさん突いて、智司くんっ、ああ、真優梨、たくさん突かれたいのっ」

はやく出させるためにそう言っているのだろう。モテたという自覚がないから、そう勘ぐってしまう。でも、いずれにしろ、もう出そうだ。それなら、突きまくるかっ、と智司は真優梨の腰をつかみ、ふたたび上下動をはじめた。

「あう、ううっ……」

「痛いかい？」

突きを緩める。

「ううん、ううん、いいのっ、痛くないから、いいのっ……突いてっ、激しくしてっ」

真優梨に煽られ、智司はふたたび力強く突きあげた。

「あああっ、いい、いいっ」

真優梨の唇から歓喜の声があがった瞬間、智司は放っていた。

「おう、おう、おうっ」

雄叫びをあげて、垂直に真優梨の子宮めがけ、ザーメンを噴きあげる。

「ああ、ああ……」

真優梨はうっとりとした表情を浮かべた。思えば、はじめて真優梨の顔を見ながら出していた。昨日は二回もヤッたが、いずれもバックスタイルだった。

「おう、おうっ」

顔を見ながらだと、よけい興奮した。うっとりとした顔に昂り、脈動が収まらない。

「う、うう……うう……」

ザーメンを子宮に感じるたびに、真優梨はうめく。真優梨のおま×こを白く汚していると思うと、出しつつ興奮した。だから、なかなか脈動が止まらない。

真優梨が恥部をすりつけるようにして、腰をうねらせはじめる。

クリをぐりぐりこすりつけて、はあっ、と火の息を洩らす。

そして、瞳を開いた。妖しく潤んだ瞳に、ドキリとする。

「あっ、おち×ぽ、動いたよ」

真優梨がそう言い、キスしてきた。ねっとりとからませてくる。

エッチした直後のキスはまた最高だった。恋人同士のようではないか。どんな企みがあるのか知らないが、智司は満足していた。真優梨のどんなおねがいも聞く気で、舌をからませた。

真優梨が唇を引いた。そして、股間から身体を起こす。まくれていたスカートの裾がさがり、恥部が見えなくなる。

だが、スカートの裾から出ている太腿の内側にザーメンが垂れてくるのが見えた。

「真優梨さん、洩れているよ」

そう言うと、あっ、と声をあげて、真優梨はスカートのポケットからハンカチを出し、それでザーメンを拭いつつ、スカートの中に入れた。

割れ目を押さえたのだろう。

「そのままじゃ、洩れるよ……あ、あの……」

「なに」

「舐めてあげようか。ザーメン、洩れないように、きれいにしてあげるよ」

「そんなこと、いいよ……ザーメン舐めることになるんだよ」

「いいんだよ」

すでに、真優梨の中に出された翔太のザーメンを舐めている。

「トイレで洗うから。大丈夫だよ」

じゃあ、と言うと、真優梨はスカートの中に手を入れたまま、ドアへと向かう。

「えっ……真優梨さん……」

なにか言いつけを言われるのだと思っていた。なにも言わずに、エッチだけして立ち去ろうとする真優梨を、智司は信じられないといった顔で見つめる。

「じゃあね」

ドアの前でふり向き、真優梨が自由なほうの手を胸もとでふった。

「真優梨さん……なにか、あったんじゃないの」

思わず聞いてしまう。

「えっ……なにもないよ……」

「じゃあ、どうして僕とエッチを……」

「だから、智司くんとしたかっただけ……だめなの？」

「いや、いいよっ。最高だったよっ、真優梨さんっ」

「私も……」

はにかむようにそう言うと、真優梨は生徒面談室から出ていった。

3

翌日も、真優梨は昼休みに誘ってきた。

それが一週間続いた。その間に、ひと晩だけ恵里香の屋敷に呼ばれ、裸で吊られた翔太を眺めている恵里香のクリトリスをひたすら舐めた。その夜は、真優梨はいなかった。

翔太も智司も大量の我慢汁を出しながら、射精することもできず、ひたすら恵里香に奉仕していた。翔太は鑑賞用として、智司は舐めダルマとして。

恵里香相手では、ひとりで出すこともゆるされなかった。

そうなると当然のこと、智司の頭は真優梨とのエッチでいっぱいになっていた。

もともと真優梨で童貞を卒業して、真優梨のおま×このことしか考えられなくなっていたが、毎日、なんの要求もされずに昼休みにヤッていると、もう智司のすべては真優梨になっていた。

とはいっても、つきあっているわけではなかった。昼休み、エッチする以外は今までと変わりなかった。教室の中で親しく話すわけでもなく、真優梨が智司を見つめてくることもなかった。

週末は学校が休みで、真優梨と会うこともなく、恵里香から連絡もなく、智司は真優梨のおま×こを思って、ひたすらしごいた。でも、何発出しても、まったく満足しなかった。

むしろ、オナニーで出せば出すほど、生身のおま×こへの渇望が強くなっていった。

「ああ、ヤリたいっ。真優梨とおま×こしたいっ」

真優梨とヤリたくて仕方がなかったが、智司は真優梨に連絡することはなかった。

携帯番号とメールアドレスは知っているが、無視されるのが怖かった。毎日学校でエッチしていても、つきあっているわけではないからだ。

4

頭が変になりそうになった日曜日の朝、真優梨からメールが来た。

——あの喫茶店で待っているから。

それだけだった。朝ご飯を食べたばかりの智司は、すぐに着がえて家を飛び出した。

喫茶店まで自転車を飛ばして、十五分ほどかかった。

智司はなかなか自転車を急いで漕げなかった。勃起がおさらまなくて、漕ぐたびに、ブリーフに鎌首がこすれてしまっていた。大量の我慢汁を出しつつ、どうにか喫茶店に着いた。

真優梨はすでに来ていた。いつもの奥の席にいた。コートを着て座っていた。もしかして、あの下は裸なのでは、と思った。

恵里香の命令かもしれない、と智司は店内で、恵里香の手足となっている三年生の女子たちの姿を探した。だが、誰もいない。真優梨だけだ。

真優梨が胸もとで手をふった。はにかむような笑顔はなく、とても緊張しているように見える。

智司は奥のテーブルに寄っていった。

「おはよう、智司くん」

真優梨が挨拶してきた。日曜日の朝に会う真優梨は眩しいくらいきれいだった。まさに、美少女ＪＫだった。

エッチしなくても、こうして学校以外の場所で会うだけでもいいじゃないか、幸せじゃないか、と思ってしまう。

「座って」

と言われ、智司はさし向かいに座る。

「おねがいがあるの」

智司の顔をじっと見つめ、真優梨がそう言ってきた。やはりそうか、と思った。月曜日から金曜日までの昼休みエッチはこのおねがいのためにあったんだ、と理解した。

失望はしなかった。もともと、真優梨にモテているとは思っていないからだ。むしろ、ほっとした。そのおねがいを聞けば、月曜日からも昼休みにエッチできるかも、と期待できるからだ。

「恵里香様を……」

そこで唇を閉ざした。

「恵里香様を……なんだい」

「恵里香様を……犯して、ほしいの……私が見ている前で、恵里香様の処女膜を突き破ってほしいの。中に出してほしいの。恵里香様のおま×こを智司くんのザーメンで汚してほしいの。一回じゃだめなの。二発三発、四発と連続で、恵里香様のおま×こに中出ししてほしいの。恵里香様をめちゃくちゃにしてほしいの」

まだ続きそうだったから、智司は、

「真優梨さんっ」

大声をかけた。すると、真優梨ははっとした表情になり、身体を震わせた。

「ああ、忘れて、今の忘れて……」

「恵里香様を犯してほしいんだよね。そのために、月曜日から金曜日まで昼休みにエッチしたんだよね」

真優梨は、うん、とうなずいた。理由がわかった。すると、おま×こできないいらいらがすうっとなくなった。恵里香を犯せばいいだけだ。恵里香を犯せば……。

そんなことできるのだろうか。

「できるかな……」

真優梨が窺うように聞いてきた。

「そ、そうだね……」

「どうかな」

「恵里香様をヤラないと……真優梨さんとのエッチはないよね」

うん、とうなずき、真優梨が立ちあがり、コートを脱いだ。全裸ではなかった。薄手のニットのセーターにミニスカート姿だった。

ニットセーターはぴたっと真優梨の上半身に貼りつき、豊満なバストの形が露骨に浮きあがっていた。そして、ノーブラだとはっきりわかった。乳首のぽつぽつが浮き出ていたのだ。

「どうかな。恵里香様、汚してくれるかな」

「真優梨さん……」

智司はノーブラのセーターを見ながら、できるのかと思ってしまう。

恵里香様は智司にとって、絶対的な存在となっている。いつの間にこうなったのかもうわからないが、気がついたら、舐めダルマに落ちていた。そしてそのことに、生きている喜びさえ感じはじめていた。

なぜなら、恵里香様の奴隷でなくなったら、砂を噛むような味気ない高校生活に戻ってしまうからだ。

それはいやだった。智司に彼女ができたわけではない。でも、恵里香様の奴隷でいる限り、恵里香と真優梨とかかわることができた。

そんな恵里香をヤレるのか。

恵里香は彼氏である翔太にさえ、させていないのだ。あれだけのイケメンで生徒会長でもある翔太でさえ、恵里香に従っているのだ。

俺なんかが、恵里香をヤレるのか。勃起するのかどうか……。

恵里香を襲ったとしよう。恵里香を裸に剝き、処女の割れ目にち×ぽを当てられたとしよう。

でも、勃ったままでいるか自信がない。恵里香に、やめなさいっ、と言われたら、萎えてしまいそうな気がする。

ウエーターが智司のぶんのコーヒーを運んできた。当然のことながら、ノーブラのニットの胸もとを見やる。

「勃たないかもしれない、と思っているのね」

真優梨が言った。処女を失っても、清楚系の真優梨に言われると、ドキリとする。

「そうだね」

智司は素直にうなずく。

「私がぜったい、勃たせてあげるから」

「真優梨さんが……勃たせるの」

「うん。必ず、大きくさせる。智司くんは、恵里香様の処女膜を破ればいいだけ。そうしたら、ずっと一生、真優梨のおま×こを智司くんにあげる」

「い、一生……」

それは大げさだろうが、少なくとも、ＪＫでいる間は、できるかもしれない、と智司は思った。

「どうかな、やってくれるかな」

「断ったら……」

「えっ」

断るの、と驚きの目で見つめてくる。

「月曜日から、エッチしなくていいの？」

「月曜日からもできるのっ」

「もちろん。いつでも真優梨の穴をあげる」

「どうして、どうして、そこまでして恵里香様の処女を……」

「落としたいの……」

真優梨がつぶやく。

「落としたい……」

「うん。恵里香様を地べたに這わせたいの。地べたに這いつくばる恵里香様を見たくないかしら」

「這いつくばる恵里香様……」

女王様として君臨する恵里香を落とす。そんなことができるのか。

「処女膜よ。恵里香様が絶対なのは、処女だからなの。誰にも、翔太様にも穢されていないからなの。処女のＪＫは絶対なの。でもだから、処女膜を破られた恵里香様は女王様じゃなくなるの。一気に、最下等な牝に堕ちるの」

そうかもしれない、と思った。

「どうかしら」

「や、やるよ……」

それしか選択肢がない気がした。だって、真優梨とこれから先、エッチできないなんて考えられなかった。

智司に、死ね、と言っているようなものだ。智司は死にたくなかった。生きていたかった。

「ありがとう」

真優梨が礼を言う。

「恵里香様の屋敷に呼ばれたら、そのとき、ヤッてほしいの。私は呼ばれないかもしれない。でも、智司くんが呼ばれたら、教えてほしいの」

「わかった」

うなずいた。

ありがとう、と真優梨は上体をさしあげると、テーブル越しに、智司にキスしてきた。ちゅっとしたキスだけで、智司の身体は震えた。

真優梨はそのまま唇を引かず、舌先で突いてきた。智司が唇を開くと、ぬらりと入れてきた。舌がからんでくると暴発しそうになる。

真優梨はねっとりとからませてくる。

ああ、ずっとキスするのっ、ああ、見ているよっ、あのウエーター見ているよ……ああ、気持ちいいよっ。ああ、出るよっ。キスだけで、出しそうだよっ。

真優梨が手を伸ばし、智司の手をつかむと、ノーブラニットの胸もとに導いてきた。

それをつかんだ瞬間、智司は暴発させていた。

5

その夜、智司は恵里香に呼びつけられた。メールで一行、

——十時に。

とだけあった。

智司はすぐに、真優梨に呼ばれたことをメールした。するとすぐに、私は呼ばれていない、と返事があった。

――私も行くから、鍵は閉めないで。

真優梨からメールが来た。


「智司ですっ」

恵里香の部屋のドアの前で声をかける。すると返事の前に、止めてくれっ、という翔太の悲鳴のような声が聞こえてきた。

その声を聞くだけで、翔太がどんな目に遭っているのかわかった。智司は顔をしかめつつも、なぜか股間を疼かせていた。

自分が翔太のような目に遭ったらどうなるのだろう、と思う。たぶん、翔太のように吊られて、電動オナホール地獄に落ちることを望むだろう。

舐めダルマもオナホール地獄も、奴隷としては同じだからだ。

「ああっ、出る、出るっ」

翔太の苦悶の叫びが聞こえ、そして静かになった。

ドアが開かれた。

智司は思わず、あっ、と声をあげていた。

恵里香がまさに女王様の姿で立っていたからだ。黒のレザーパンティに、黒のブーツ、そして黒の網タイツですらりと伸びた足を飾っていた。
お椀形の美麗な乳房は、あらわにさせていた。乳首がつんとしこっている。乳輪は透明に近いピンクだが、乳首はとがっているぶん赤みがかっていた。

「あら、智司も好きなのかしら」

思わず見惚れた智司を見て、恵里香が笑った。完全な女王様だった。これで鞭を持てば完璧だった。翔太に向けて鞭をふるう姿を見たら、それだけで暴発しそうな気がした。

「翔太の勃ちが悪くなってきたから、翔太が喜ぶかしらと思って、これを着たのよ。智司も好きみたいね」

「は、はい、好きです」

思わず答えてしまう。

どうぞ、とソファに向かう。パンティはTバックだった。JKらしくプリッと吊りあがったヒップが、ぷりぷりと弾むようにうねっている。

恵里香の女王様姿は様になっていたが、大人びたかっこうをすると、処女の匂いがより濃く感じるようになっていた。

蒼い色香を発散しつつも、幼さを感じるのだ。だが、それがたまらなく興奮した。

処女膜を破るために来たが、処女膜を破ると、この美は失われてしまうのだと思うと、惜しい気持ちになる。

「ああ、止めてくださいっ、おねがいしますっ、恵里香様っ」

今夜も翔太は全裸で吊りあげられている。

智司は毎晩呼ばれているわけではないが、きっと翔太は毎晩呼ばれ、毎晩、罪を懺悔しつつ、五発以上はオナホールに出していると思った。

実際、翔太の目の下の隈はすごかった。けれど、そのやつれた感じがまた素敵、と同じクラスの女子たちは話していた。

「舐めて、智司」

ソファに座り、長い足を組むと、恵里香がそう言った。智司が入ってきてすぐに命じるのは珍しい。恵里香自身も女王様スタイルに昂っているようだった。

智司はコートを脱ぎ、セーターを脱いでいく。このところ、裸になって舐めていた。いわば裸が舐めダルマの制服だった。

ブリーフを脱ぐと、反り返ったペニスがあらわれる。それを恵里香がちらりと見る。今夜もいきなり勃起させていることを確認しているようだ。

失礼します、と恵里香の足下にひざまずく。恵里香は足を組んだままだ。恵里香の足に触れられる、と思うと、ぞくぞくしてくる。

足を組んだままだと、智司がそれを解いていくのだ。

失礼します、と網タイツに包まれた太腿に手をそえる。網タイツは太腿の半ばまでで、その上は剝き出しだ。抜けるように白い太腿が、よけい白く見える。

太腿をはずすと、股間に貼りつくパンティに手をかける。すると、恵里香が少しだけ腰を浮かす。智司はレザーパンティをさげた。

剝き出しの割れ目があらわれる。

それを間近に見て、緊張が走る。今夜、この奥にペニスをぶちこむのだ。そう思ったとたん、びんびんだったペニスが萎えはじめた。

まずいっ。今夜は変だと恵里香に気づかれたらまずい。だって、智司はいつもびんびんにさせているからだ。

恵里香はオナホール地獄に悶えている翔太をじっと見つめている。幸いなことに、恵里香は智司には興味がない。舐めダルマ以外の価値はないのだ。

まさか舐めダルマが、今夜自分の処女膜を破ろうなどと大それた企みを持ってパンティを脱がせているなんて、想像すらしないだろう。

智司は恵里香の股間に顔を寄せていく。甘い匂いに顔面が包まれ、ペニスがぐぐっと太くなっていく。

よかった。やはり、恵里香の処女の匂いは最強だ。

たぶん、どんなインポでも、すぐに勃つのではないか。

智司はクリトリスをぺろりと舐めあげる。すると、ひと舐めで、

「あんっ」

反応があった。今夜はかなり興奮している。舐めダルマをやっていると、最初の反応だけで、恵里香の身体の発情具合がわかった。

智司はぺろぺろと舐めあげていく。

「はあっ、あんっ……やんっ」

かなり敏感だ。恵里香の甘い喘ぎを耳にして、完全に勃起を取りもどしていた。

智司はクリトリスを口に含んだ。最初から強めに吸っていく。

「あっ、ああ……」

恵里香がぶるっと腰を震わせる。そのとき、ドアが開いて、真優梨が姿を見せた。

「あら、真優梨……呼んでないわよ」

智司はクリトリスに歯を立て、甘噛みする。

「あうんっ……どうしたの、真優梨」

「真優梨っ、止めてくれっ、頼むっ」

真優梨が近寄ってくるのを背中で感じる。智司はふたたび緊張していた。あっという間に萎えていく。

「智司くん、ヤッて」

背後から真優梨の声がした。緊張しているのがわかる。もちろん、智司も同じだった。身体が硬直して、クリトリスから口を離せなくなっている。

「ヤッて……」

また真優梨が言う。

「なにをやるのかしら、真優梨」

「智司くんっ、ヤルのよっ」

真優梨が叫ぶ。その声にはっとなり、智司は恵里香の恥部から顔をあげた。

「やるって、まさか、この舐めダルマが私をヤルって意味じゃないよね」

と言いながら、ブーツに包まれた足で智司の額を蹴った。あっ、と智司はひっくり返る。股間があらわになり、恵里香が、いやだっ、と笑う。

智司のペニスはさっきまでの勃起がうそのように縮みきっていた。

「このふちゃちゃ×ぽで、なにをやるって言うのかしら」

そう言って、恵里香が智司の股間にブーツの底を乗せてきた。縮みきったち×ぽをぐりぐりと押し潰すようにしてくる。

だが、これがいけなかった。いや、智司にとってはよかったのか。

ブーツでぐりぐりやられて、とたんにぐぐっと勃起をはじめたのだ。

それに気づかず、恵里香が、

「ふにゃち×ぽでヤレるものなら、ヤッてみなさい、舐めダルマっ」

と蔑《さげす》みつつ、ブーツで押し潰しつづける。

「あ、ああっ、恵里香様っ」

智司は完全に勃起を取りもどしていた。上体を起こし、ブーツに包まれた足をつかむと、ぐっと引いた。不意をつかれた恵里香が、あっ、とソファから滑り落ちる。

「あっ、すごいっ」

天を衝くペニスを目にした真優梨が目を見張る。恵里香も、えっ、と美貌を強張らせる。

智司はブーツに包まれた足を持ったまま起きあがると、足をぐっと開いた。

智司は全裸。恵里香も裸同然だ。入れるち×ぽも、処女の割れ目も剝き出しだった。

「ヤッてっ」

真優梨が叫び、智司は鎌首を恵里香の股間に向けていく。

「やめろっ、やめるんだっ」

翔太が叫び、吊られている裸体をうねらせる。だが、両手首を縛っている縄が軋《きし》むだけだ。

恵里香は逃げなかった。鋭い目で智司を見つめ、

「舐めダルマの分際で、私を女にしようと言うのかしら」

と聞いてきた。その迫力に、智司は圧倒される。すると、ペニスがみるみると萎えていく。

まずいっ、と思い、鎌首を割れ目に押しつけるものの、遅かった。

「ほらっ、入れなさいよっ」

恵里香に余裕が出てくる。また、恵里香の勝ちなのか。

「なにしているのっ、智司っ」

真優梨が智司のあごを摘まみ、唇を押しつけてきた。ぬらりと舌を入れると同時に、大量の唾液を流しこんでくる。智司はそれをごくりと飲む。

真優梨は舌をからめつつ、乳首を摘まみ、ぎゅっとひねってきた。

「う、うう……」

智司は真優梨とベロチューしつつ、恵里香の割れ目に鎌首を押しつけつづける。すると、ぐぐっとふたたび力を取りもどしはじめた。

鎌首が割れ目にめりこんだ。すると、

「いやっ」

恵里香が叫び、腰をうねらせた。

はじめて耳にする恵里香の叫びに、智司の身体に一気に火が点いた。

「放してっ」

恵里香が長い足をばたつかせるが、智司はそれを折りこむようにして、ふたたび鎌首を割れ目に向けていく。

「いやいや、やめなさいっ」

また、鎌首が割れ目に触れた。そのまま恵里香の下半身を抱きこむようにして、体重を乗せていく。

すると、ぐぐっと、またも鎌首が割れ目にめりこみはじめた。

「やめろ、やめろっ」

「いや、いやいやっ」

翔太の声と恵里香の悲鳴が部屋に響く。

なぜなのか、恵里香がいやと叫べば叫ぶほど、入れるぞっ、という劣情の血が沸騰した。自分の身体のどこに、こんな嗜虐の劣情が潜んでいたのかわからなかった。

「だめっ」

恵里香が智司の鼻をつかみ、ぐっとひねってきた。ぎゃあっ、と叫び、身体を引く。恵里香が飛び起きた。ドアへと逃げようとする。だが、すぐにばたんとうつ伏せに倒れていった。真優梨が背後から足にしがみついたのだ。

「入れてっ、うしろから入れてっ、処女膜を突き破っててっ」

真優梨が叫ぶ。智司は鼻血を出しつつ、恵里香の尻たぼをつかむ。ぷりっと張った見事な尻たぼだ。

それをぐいっと開くと、尻の穴が見える。その下に割れ目がある。

「助けてっ、翔太っ、助けてっ」

恵里香が翔太に助けを求める。

「恵里香っ、恵里香っ」

翔太が激しく両腕を動かしている。だが、縄が軋むだけだ。

智司のペニスはびんびんに勃起していた。我慢汁が出ていない。我慢する前に、入れようとしているからか。

顔が見たかった。処女膜を破るときの恵里香の顔が見たかった。

智司は尻たぼをつかんだまま、思いきって恵里香の身体をひっくり返した。そしてすぐに両足をつかみ、剝き出しの割れ目にみたび、鎌首を押しつけた。

「だめだめっ、入れないでっ」

恵里香が怯えた表情で見あげてくる。

「破ってて。処女膜を、破ってて」

「いやいやっ」

真優梨の叫びと恵里香の悲鳴を耳にしつつ、智司は鎌首をめりこませた。ぐぐっと入り、処女膜に触れた。

「だめっ、それはだめっ」

「破るよ、恵里香」

呼び捨てにすると、智司は腰を突き出した。

6

薄い膜が、野太い鎌首で突き破られていく。

「ひいっ」

恵里香が絶叫した。それが、処女膜が破られたことをあらわしていた。

「う、うう……きつい、ああ、きついおま×こだ」

智司はそのまま、野太い鎌首を極小の穴に入れていく。恵里香のおま×こは濡れていた。驚くことに、ぐしょぐしょだった。

「うっ、うう……殺す、おまえを……うう、殺す」

恵里香が智司をにらみあげてきた。智司はぐいっと埋めこむ。すると、恵里香が激痛に美貌を歪める。

その表情の変化に、智司は新鮮な興奮を覚えた。ち×ぽ一本で、恵里香に影響を与えているのだ。

「恵里香、どうだい、俺のち×ぽは」

と聞きつつ、ぐぐ、ぐぐっと鎌首を奥まで入れていく。

「う、うう、あうっ……」

恵里香は智司をにらみあげたままでいたが、その瞳から力が失せはじめる。それと同時に、妖しげな絖りが浮かびあがる。

もしかして、俺に入れられて、感じているっ。あの恵里香が、恵里香女王様が、舐めダルマに処女膜を破られて、感じているっ。

「あうっ、大きくなった……うう、す、すごい……大きくなったの」

えっ、今、恵里香が、俺をすごいと言ったぞっ。

興奮のボルテージが跳ねあがり、恵里香の中でさらにたくましくなっていく。

「う、うう……大きい……あ、ああ、大きいの」

「恵里香っ、恵里香っ、大丈夫かっ」

翔太の声が虚《むな》しく響くなか、智司はゆっくりと抜き差しをはじめる。

「う、うう、い、痛い……痛い……」

「これくらい我慢しろ、恵里香」

そう言うと、

「は、はい……」

と、恵里香が素直にうなずいたのだ。

なんてことだっ。

あまりの衝撃と感動に、智司はくらっとなる。

「動かして、智司くん」

真優梨が言う。智司は極狭のおま×この中で、上下にち×ぽを動かした。

「痛い、うう、痛い」

少し動かすだけで、恵里香の眉間に深い縦皺が刻まれる。

「ああ、すごく締めるよ、恵里香……ああ、恵里香のおま×こがち×ぽ、締めているよっ」

「う、うぐ……うう……」

もう、恵里香は痛いとは言わなくなっていた。ただただ、智司の抜き差しに耐えている。いや、ただ耐えているだけではない。感じている。智司のち×ぽで感じているのだ。

「ああ、恵里香っ」

もう出しそうになる。

「出してっ、恵里香のおま×こを汚してっ、智司くんっ」

「やめろっ。出すなっ。恵里香の中に出したら、殺すっ」

翔太が泣き叫んでいる。

だが、恵里香はなにも言わない。しっとりと潤ませた瞳で、智司をじっと見あげたままでいる。

恵里香は、出して、と言っているように見えた。

その瞬間、智司は射精した。

「おう、おう、おうっ」

獣のような雄叫びをあげて、智司はぶちまけていた。

「う、うう……」

「恵里香っ」

翔太は叫ぶものの、恵里香はなにも叫ばず、智司のザーメンを子宮に受けている。どくどく、どくどくと恵里香の中で脈動を続ける。脈動がまったく収まらない。

「おう、おう、おうっ」

智司はすでに童貞ではなかったが、これまでたまりにたまったものを、すべて恵里香の中に注ぎこむかのように出しつづけた。

ようやく、脈動が収まった。

部屋の中に静寂が訪れる。異様な静けさだ。誰もなにも言わず、誰も動かない。

智司は埋めたままでいた。恵里香の中でち×ぽが萎えていくのがわかる。抜きたくなかった。

でも、もう終わりが近づいてきた。智司はクリトリスを押し潰すように突くと、腰を引いた。

貫通した穴から、ち×ぽが抜ける。

するとすぐ、そこに真優梨が美貌を寄せてきた。

鎌首の形に開き、そこから大量のザーメンがどろりと出ていたが、すぐに閉じていく。すると閉じきる前に、真優梨が割れ目に指をそえて阻止した。

ぐっと開き、中をのぞく。

小さな穴に濃厚なザーメンがたまっている。ザーメンのあちこちに、鮮血が浮いている。

「ああ、すごい……恵里香様……処女じゃなくなってしまった……」

恵里香は無言のまま、破瓜された恥部をさらしている。舐めダルマに処女膜を破られたショックで、放心しているように見える。

「見たい。汚された恵里香様のおま×こ、はっきり見たい」

と言うなり、真優梨が穴にたまったザーメンを舐め取りはじめた。

「真優梨……」

真優梨はぴちゃぴちゃと舌音をたてて、たった今、智司が出したばかりのザーメンを舐め取っていく。

おんなになったばかりの粘膜に舌が触れると、あっ、と恵里香が反応を見せる。

恵里香は瞳を閉じて、放心した美貌をさらしている。気のせいだと思うが、処女の花びらにザーメンを受けた恵里香から、牝の色香が漂いはじめている。

ぜったい、気のせいだ。今、ザーメンをおま×こに受けたばかりで、すぐに変わるわけがない。

真優梨は瞬く間に舐め取った。

「ああ、きれい」

女になったばかりの花びらは、赤みがかったピンク色をしていた。

視線を感じるのか、花びらがきゅきゅきゅっと動く。

「恵里香っ、大丈夫かっ」

翔太が声をかける。

すると、恵里香が瞳を開いた。ぞくりとくる色香に、即座に智司のペニスが反応する。たった今、大量に出したばかりのペニスが、ぐぐっと反りはじめたのだ。恵里香のおま×こを見てではなく、恵里香の瞳を見て、反応をはじめていた。

「ああ、それで、私を女にしたのね」

そう言うと、恵里香が起きあがった。真優梨を押しやり、智司に迫る。いや、処女膜を突き破った智司のペニスに迫る。

女になったばかりの恵里香の美貌が迫るだけで、さらに反り返っていく。

「ああ、たくましいおち×ぽ。私を女にした、おち×ぽ」

恵里香がうっとりと智司のペニスを見つめる。

「恵里香っ、恵里香っ」

ずっと放っておかれて、オナホール責めを受けつづけている翔太が叫ぶも、誰も翔太を見ない。恵里香も、そして真優梨も、女王様の処女膜を突き破ったペニスを、うっとりと見つめている。

そして、どちからともなく、ザーメンまみれのペニスに美貌を寄せていった。

ちゅっと最初に、恵里香がキスした。

それだけで、電撃が突き抜け、おうっ、と智司は声をあげる。そして、ますますたくましくなっていく。

真優梨も、恵里香と頬をすり合わせるようにして、先端にキスしてきた。

恵里香が舌を出し、鎌首をねっとりと舐めはじめる。そこに真優梨も舌を向けてくる。

恵里香は真優梨を押しやることなく、鎌首を舐める。すると、真優梨の舌と触れ合った。だが、どちらも引かず、そのまま舌と舌をかまらせるようにして、智司の鎌首を舐めている。

「なにをしているんだっ。そのち×ぽっ、恵里香の処女膜を破ったんだぞっ。舐めるんじゃなくて、折るんだろうっ」

翔太が叫ぶ。そして、ああ、また出そうだっ、とひとり叫び、腰を震わせる。

「ああ、おち×ぽ様……ああ、おち×ぽ様」

恵里香が智司のち×ぽを崇《あが》めるようにそう言い、ぱくっと先端を咥えてきた。

「うんっ、うっんっ」

悩ましい吐息を洩らしつつ、鮮血まじりのザーメンがからんだペニスを根元まで咥える。

真優梨がコートを脱ぎ、スカートの中に手を入れた。パンティをさげ、足首から抜くと、その場に四つん這いになり、智司に向かってスカートの裾をたくしあげた。

ぷりっと張ったヒップが突き出される。

「ああ、入れてっ。おち×ぽ様を真優梨のおま×こに入れてくださいっ、智司様っ」

真優梨は智司を様づけで呼んでいた。女王様の処女膜を突き破ったことで、智司のペニスは絶対的なものとなっていた。

智司は恵里香の唇からペニスを引くと、真優梨の尻たぼをつかんだ。そして、恵里香を見る。

恵里香は物欲しそうな目で、智司のペニスを見ている。

「どうした、恵里香。欲しいのなら、牝のかっこうになるんだ」

そう言うと、恵里香は、はいっ、と返事をして、ブーツを脱ぐと、真優梨の隣で四つん這いのかたちを取っていった。

「なにをしているんだっ、恵里香っ。どうしたんだっ。ああ、止めてくれっ。もう、おもちゃなんかに出したくないっ」

ふり向くと、翔太は泣いていた。イケメンのペニスはおもちゃで包まれている。

一方、智司のペニスの前には、S高校で一番の美少女と二番の美少女が、入れてくださいと、おま×こをさし出しているのだ。

智司は笑っていた。笑いが止まらなくなっていた。

笑いつつ、真優梨の尻の狭間にペニスを突きつけていった。

「ああっ、おち×ぽ様っ、智司様っ」

真優梨が喜びの声をあげる。それをかき消すように、

「おち×ぽ様っ、恵里香に入れてくださいっ。恵里香のおま×こに智司様のおち×ぽ様をくださいっ」

恵里香が絶叫する。

その声を聞きつつ、智司は真優梨のおま×こに入れていく。こうなったのも、真優梨のおかげだ。感謝をこめて、ずぶりと奥まで突き刺していく。するとひと突きで、

「イクっ」

真優梨が叫んだ。

智司はいまわの叫びを聞きつつ、ずどんずどんと突いていく。すると突くたびに、

「イクイク、イクイクっ」

真優梨が叫んだ。

「ああ、恵里香もっ、恵里香もイキたいっ、ああ、智司様っ。おち×ぽ様っ」

イキまくる真優梨の隣で、恵里香が涎を垂らし、逆ハート形の見事なヒップを牝犬のようにふっていた。

美少女ももいろ遊戯《びしょうじょももいろゆうぎ》 闇の処女膜オークション《やみのしょじょまくおーくしょん》

著者◉美里ユウキ【みさと・ゆうき】

発行◉マドンナ社
発売◉二見書房
東京都千代田区神田三崎町二‐一八‐一一
電話 〇三‐三五一五‐二三一一（代表）
郵便振替 〇〇一七〇‐四‐二六三九

印刷◉株式会社堀内印刷所 製本◉株式会社村上製本所 落丁・乱丁本はお取替えいたします。定価は、カバーに表示してあります。

ISBN978-4-576-20196-2 ◉Printed in Japan ◉©Y.Misato 2020